畫鬼師

殺人畫

余為魄◎著

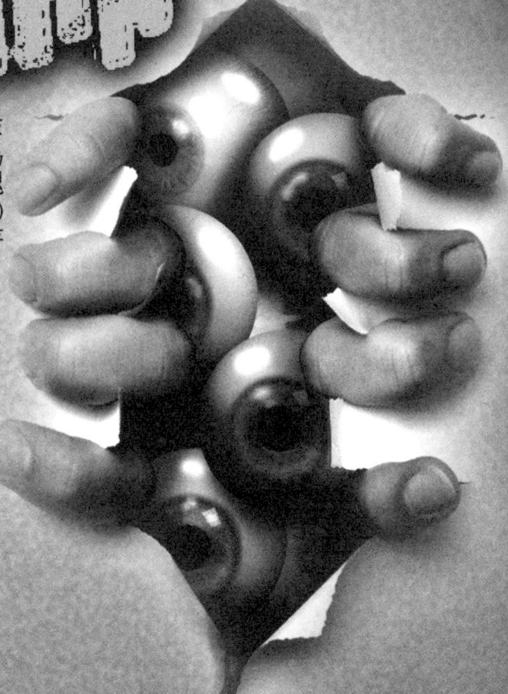

寫在前面……

只我愛電影，這是為什麼本書的故事要用一部B級片（就是B咖電影）做為骨幹，我想向電影致敬——用我寫的鬼故事。

「連續殺人」並不算什麼創意，老實講，也不恐怖，因為已經被寫到爆、演到爛了。不如說這回海因澈所面對的是驚悚，更是謎團，也希望將這份驚悚帶給各位讀者，並讓讀者們深陷於解謎的樂趣。

畫鬼師這一系列的故事，要想做到每一集都很恐怖，並不容易，我所盡力的，僅是讓恐怖「多樣化」。

是的，毛骨悚然是一種恐怖，出乎意料的驚嚇，也是種恐怖，氣氛詭譎很恐怖，至於驚悚，自然也有它的恐怖成分。幾年前，日本恐怖片還帶領過一股風潮（以「咒怨」為始），那就是惡鬼的恐怖。惡鬼跟一般我們所熟知的鬼不同，它不是來找壞人報仇或給惡人懲罰的，它只是不停的殺、害任何人，包括好人在內。這種打破「不做虧心事，不怕半夜鬼敲門」的「創意」，實在教人害怕。

這回，海因澈也將面臨同樣一種「惡」：邪惡的畫鬼師。且看他如何應對？

有讀者來信詢問：「台灣真的有畫鬼師嗎？」

我這樣回答……具有陰陽眼或陰陽耳天賦的人，的確存在，畫鬼師系列中的許多片段故事，甚至是真實的。至於畫鬼師到底有或沒有，真實的畫鬼師是什麼模樣……還是讓我賣個關子，保留一點神秘的空間吧。

畢竟神秘，也是恐懼的元素之一啊。

還是好好享受這一集的故事。

余為魄於台灣宜蘭

二〇一〇年十二月

目錄

01 世紀奇案

秋天來早了，又或許是我太敏感，把滿地的落葉跟蕭瑟的景象看成是它，但，路人拉起的領口以及女孩子們飄蕩的髮絲，洩露的不正是夏季離開的行蹤？

這附近全是舊房子，有點像老眷村，海因澈的家位於其中一棟五層樓公寓，裡頭陰陰暗暗，白天都看不到半個人影。聽說這一帶要拆除重建，隔壁區塊動工很久了。

轟隆！

先說前兩天吧，工人們拆破了某道廢墟的牆，赫然發現，裡頭躺著一具男屍。殊不知那竟是一連串恐怖與詭異的開始……

海因澈住的這棟公寓，順著樓梯上去，每一步，都激起好大的迴音，每層樓都由一條長廊串起每一戶人家，很像學校式建築。

三樓之四，此刻，海因澈坐在客廳的書桌後面，推拿床則是空的。

他是個畫鬼師（姓海，有點奇怪厂。），長得高高瘦瘦，卻也不是很瘦，有點精壯。及肩的長髮，約是港星馮德倫的那種長度，長相倒沒那麼帥，單眼皮、鷹勾鼻、略黑的皮膚。穿著嘛，有點隨性：合身背心加休閒長褲。或許可以襯托他身為一個推拿師父的是兩條結實的手臂。順便一提的是，他右手腕掛著串佛珠。

我再用幾句話，形容一下他的個性，像是內向敏感（所謂的「宅」）、聰明機智、喜歡幫人、很有正義感等等。

書桌對面，坐著一個六十幾歲的老頭，沒什麼好形容的，真要形容，就是他很高，可能有一百九十公分喲。角落裡，坐著老頭的兒子，單看這兒子的面容：劍眉星目、皮黑髮厚，好像廟裡的金剛，你會懷疑他們真的是父子關係嗎。然而，這傢伙身高也是一百九的水準，所以囉。

簡單的寒暄後，海因澈開口問：「老先生哪裡不舒服呀？」

老頭姓盧，就叫他老盧吧，老盧指著肩膀：「這兒，兩邊都是。背也疼。」

海因澈於是上前查看，推拿師的基本動作：這裡捏捏問問，那裡揉揉試試，然後回頭拍拍推拿床：「來，趴著，躺下，我幫您……」突然間他愣住了，彷彿聽到什麼，改口說：「等等，您再坐一下。」走回書桌後面。

老頭的兒子，叫他小盧囉，一旁忙問：「怎麼啦？」

海因澈從抽屜裡取出畫紙跟筆，一邊畫畫，一邊沉吟：「老先生的痠痛不是宿疾吧？就這幾年才開始，而且，老先生您也不太在乎。」

小盧嘴角勾了起來：「什麼意思？不在乎怎麼會來找你。」

老盧則點了點頭，露餡了。

過了一會，海因澈似乎把畫畫完，停下筆說：「我不知道你們的來意，但我可以說出老先生的病因。」將手中的畫端了起來，面對盧家父子擺正。

那張用炭筆畫的素描，畫得十分逼真，老盧給畫得栩栩如生，半身立姿，而在他身後，揹著一名差不多年紀的老婦，老婦神色和藹地側看老盧。

盧家父子看完的反應大不同，小盧是雙眼一亮，好像很高興。老盧呢，他竟老淚縱橫，撲近那張圖畫，伸手在圖畫上輕輕撫摸，嘴裡不停「老婆」、「老婆」的喊。

海因澈解釋：「你父親的背部趴著這麼一位老太太（鬼），時間一久，自然會腰痠背痛囉。關鍵在於他……捨不得拋開對方呀。」

老盧依舊哭得跟牛似的。

小盧起身走近父親，搭上父親肩膀安慰，並對海因澈說：「我爸以前愛上了一個有夫之婦，在家庭的壓力下，被迫與對方分手。後來聽從我爺爺奶奶的命令，跟我媽結婚。他在結婚前曾跟心上人，那個有夫之婦約定，到了六十歲，種種的壓力與阻礙都不存在時，他會拋開一切與對方在一起，相伴到死。沒想到，我爸六十歲那年去找對方，對方早先死了，他還去墳前上香，哭得死去活來。回到家，就是現在這模樣囉，肩痠膀痛。」

「至少，」海因澈聽了跟著惆悵起來，對老盧說：「你們現在在一起呀。」將那張畫遞給老盧，「送你，希望我畫的……還像。」

老盧邊接過了畫，頻頻點頭：「像，像，像……」

試想，這個人幾十年來，一再壓抑，一再忍耐，原先濃烈的情愛，自然因此變得更加強烈，那無數個夜晚的偷偷思念，他流過多少眼淚，那無數個私下通訊的安慰，他狂跳過多少次心，結果呢，幾十年來的人間隔閡，仍換不得老來相伴。即使是我這個局外者，看了也有所感觸。

臨走前，老盧身後趴著的那個老婦人（鬼）還跟我揮揮手哩。

唉，話又說了回來，既然以前他們什麼都不在乎，又何必在乎如今陰陽兩隔？真愛是超越所有東西的。

講到這一點，我得向新讀者再介紹一遍海因澈，而在介紹他之前，得先介紹我自己。

我叫小宇，也有朋友叫我小魚，我不是人，我是鬼。

是的。不知多久以前（鬼的時間觀念很差），我被槍決了，如果對我的死因有興趣，請自行參閱第一集的故事，這裡就不談了。

人死之後，有的會變成鬼，有的不會。變成鬼的，有的會附在人的身上，有的不會。為什麼有的會、有的又不會呢？我也不曉得。總之，我變成了鬼。做鬼跟做人很不一樣。首先，你沒有任何的感覺（視覺、聽覺例外），其次，你很孤獨。雖然還在生前那個世界，但沒有人看得到你、聽得到你、碰得到你。最後，就是你很不自由。由於不懂陰間的規則，所以常動彈不得，困在一個地方。幸運的是，我漸漸可以移動自己的魂靈，有限度的遊走，不過，海師父、海因澈住的地方，是我最常留連的空間。

海因澈他是畫鬼師。

至於他是怎麼畫鬼的，剛才已經露了一手，差不多就是那樣。許多來找他推拿的患者，都是在別的地方（中醫或西醫）治不好的，聽說師父高妙的推拿手法後，才找到巷子裡來。其中有些情況更是特殊。那幾次，沒看師父出手，師父只詢問對方一些有的沒的，問得對方臉色大變，然後呢，安排一些燒香、拜拜或超渡之類的事，在人家半信半疑中「治病」。通常不用兩天，那些患者便痊癒了，自動回來，歡天喜地送上大禮和紅包。

每個畫鬼師其實都是「陰陽耳」，能夠聽到鬼魂說話，而且，固定只能聽到一位。海因澈身邊的鬼魂就是茵茵姐。（作者按：相關故事，請參閱第一集。）茵茵姐會告訴他哪裡有鬼、在誰身上、長什麼模樣，好讓海因澈畫出。當然，有的鬼可以不讓其他鬼看到，那就另當別論了。

直到如今，我都看不見茵茵姐。

前面提到老盧的黃昏人鬼戀，勾動我介紹海因澈的念頭，那是因為，海因澈這輩子唯一愛的女人，正是茵茵姐。

回到海因澈這兒。

隔天，差不多同一時間，小盧又來了。這次只有他一個。

沒有簡單的寒暄，小盧直接亮出刑警的識別證：原來他叫盧如運，刑大的。怎麼？這年頭推拿也需要執照？我先聲明，據我生前所知，在台灣推拿是沒有政府執照的，你在外面看到的那些所謂執照，其實都是私人機關所發。

海因澈兩手一攤。

「放心，不是要逮捕你，」盧如運收下識別證，笑笑：「是想請你幫忙。」

海因澈也笑：「所以，昨天你帶你爸到這，為的是對我做測驗？」

「不傷和氣吧，這年頭，裝神弄鬼的騙子很多，畫，鬼，師……嘿，究竟是什麼東東，我得先弄清楚才行。」

海因澈嘆氣點點頭，指著一張椅子：「請坐。」

盧如運為的是一件刑案，就是上頭我提到的那具屍體，他大略描述如下：

死者是一名法官，五十五歲，屍體被發現少了一條右臂，從肩膀附近被割下，根據法醫研判，那是在生前用電鋸割下的，從屍體內毫無麻藥殘餘的跡證研判，兇手未麻醉死者就動手，相當殘忍。死因則是失血過多。

屍體被拋棄在海因澈住處附近的某棟廢棄大樓裡，第一現場還沒找到。屍體旁邊，放有一張拍立得照片，照片內的情景，是兇手用白色粉筆在黑色柏油路面畫了一個人形（就是警方在命案現場移開屍體後，留下的那種。），人形的左側，擺了一隻斷臂——死者的斷臂。

照片背後還寫了一段文字：

我在報仇。我一共要殺五個人，把他們身上的一部分像這樣留下，拼成一個人形。當人形拼完後，你們就會知道我是誰，到哪找我，我也會束手就擒。如果你們想提前阻止我，可以，給你們機會，查出我要報什麼仇就行了。

兇手的署名是：九死。

「九死？什麼意思？」海因澈自言自語沉吟，接著雙眼一亮。

盧如運笑：「你常看電影，對不對？」

是啊，沒錯，我也想起來了。

海因澈說：「『九死』是一部美國電影的片名，是B級片（由小公司找B咖演員所拍的片），台灣的院線沒有上映，我是在網上看的。」

「答對了。唉，我們這票刑警都很少看電影，我們可是猜了半天，才上網查到的。

那部片子是在講，有個人的兒子死了，造成他兒子的死因很多，包括目擊證人的錯誤證詞、檢察官的栽贓、監獄囚犯對他兒子的雞姦、愛滋病的感染與保險公司的拒絕幫助等等，於是，他將這票相關的人全部抓來，要他們想出為何自己會被抓，如果想不出來，每隔十分鐘他就殺掉其中一人，想出來了，就放過大家。」

「那個兇手的意思，也是這樣吧。」

盧如運苦笑：「問題是，張法官（死者姓張）生前審判過的案子，沒有一千，也有個八百，仇人滿天下呀，這……怎麼查呢？」

「其他的線索都沒有？」

盧如運搖了搖頭。

以前我就說了，台灣的警察都是這樣，案發地點只要沒有監視器或目擊者，便完全沒有辦案的能力，什麼科學偵查啦、微物分析啦、犯罪現場研究啦之類，他們好像根本沒學過，啐。

「你剛剛說要我幫忙，我能幫什麼忙？」海因澈問。

「是這樣的，受害的張法官應該認識兇手，至少，他也能幫我們縮小範圍，所以……」

「你要我幫你們去問鬼？」

盧如運尷尬笑笑：「就像你幫我父親的那樣呀。」

海因澈搖搖頭：「不是每個人死了都會變成鬼，要想我幫你，前提是他得變成鬼才行，否則我也愛莫能助。」

「這樣呀……」這個大外行，想了一想後又問：「那如果他變成鬼，會在哪？」

海因澈聳聳肩膀：「一般是在死亡地點，再不然他住的地方也有可能。」

盧如運聽了面有難色。

「怎麼？」

「我們並不曉得命案的第一現場在哪。」

「不然去他家試試好了。」

「這……」盧如運苦笑：「藉助你來辦案，是我個人的主意，上面……應該不會同意，更何況張法官的家人。況且，要是讓記者知道，尤其是『水果』日報，就更不得了啦，他們一定寫的很難聽。」

這也不行，那也不行，海因澈能怎樣？回答一抹苦笑囉。

盧如運接著又跟海因澈聊了一些靈異經驗，大概是不死心，希望能找得折衷的捷徑，聊呀聊的，海因澈提供了一則靈異故事：

（我用我的口吻替他說囉）

她，是位植物人病患，躺在醫院快兩年了，當時她的家人正在辦理遷轉手續，好讓她能住到療養院裡。

兩年前那場莫名的車禍，撞碎的不只是一個女人的意識，還包括一個家庭的幸福，她們一家四口人從此成了「植物人家庭」。

醫師、護士常看到她的丈夫帶著兩個女兒來病房看望。兩個女兒都就讀於國小，漂亮、乖巧又會讀書，每次來都替媽媽做復建按摩。看在醫師、護士眼裡，那些按摩恢復的不是她的身體，而是家人的信心。

病患長期臥床，肌肉組織常因此萎縮：床上的她，頭髮挽了起來，一張枯瘦的臉，顴骨彷彿突破皮膚露了出來，呆滯的眼神比起維生的醫療設備還沒生氣，設備至少能發出聲音。放在茶几上的那張相片是全家福，相片裡那位年輕少婦美麗而滿足，陶醉在家的溫馨裡，今昔對比，顯得格外冷酷、無情。

事情就從那一夜凌晨開始。

凌晨兩點多，護士踩著疲憊的腳步在走廊上，突然聽到病房裡傳來音樂盒的樂聲，護士曉得音樂盒是植物人她的，於是走向她的病房，緩緩打開房門。病房裡，燈光是黯淡的，茶几上的音樂盒播送著曲子，盒子的搖桿隨著樂聲慢慢轉動。當護士的視線移到床上時，差點沒給嚇死——

她竟在床上坐了起來。

那個過去兩年始終像殭屍般躺著的人。

目瞪口呆的護士與她四目交視，良久，護士想確定自己沒有眼花，一步步走過去，她倏地雙手揮舞，嗚嗚亂喊，嚇得護士逃出病房……

翌日，有人直呼奇蹟，有人不敢置信。

護士長則問：「你們通知她的家人了嗎？沒有？那趕快去呀。」

為她做完檢查的醫師臉色慘白的搖了搖頭。

「怎麼啦？醫師。」

醫師走到病房外了才說：「她根本就沒有心跳呀。」

幾位護士一聽，面面相覷，偷偷回頭去看病房裡還在胡言亂語的她。

那時候，她已經能自行下床，吃力的站起來了，樣子很像初出生的小牛在學走路，顫顫抖抖、跌跌撞撞。

「她，真的醒了？」丈夫趕到醫院後，劈頭便問。

醫師嘆了口氣，不曉得如何回答，伸手一比，乾脆要對方進病房自己去看。

她正趴在垃圾桶邊嘔吐，吐完一次又一次，護士們全忙得不可開交。誰能想像到，那副瘦弱的身軀竟可以吐出這麼多東西，這麼多青色、紅色、黑色的液體，有的黏稠、有的稀薄，而且都很惡臭。

她丈夫走近柔聲的問：「老婆，妳還認得我麼？我是誰妳記得嗎？」

她抬頭望了望丈夫，端詳了好久，然後點了點頭。

這一點頭，在場所有人都鬆了一口氣。

尤其是做丈夫的，喜極而泣抱住了妻子。

稍後，她的情況恢復得更好了，說話、咬字方面進步了不少，不過肢體動作還是很僵硬。

但令醫師們所不解與擔憂的是：她怎麼還沒有心跳呢？類似的情況在國外也曾發生過，不過都是短暫幾十秒鐘而已，然而她從昨晚甦醒以來，已經好幾個小時了，幾個小時心臟都不跳怎麼可能？

醫師對他們夫妻說了這情況：「等會兒，最好帶她做一做全身檢查比較好。」

不久，她那兩個女兒也被家人接到醫院，看望重獲新生的母親，興奮之情溢於言表。

可惜的是，她自己是唯一不興奮的人。

她脾氣變得很差，對任何人都沒耐性，稍不順意，就亂砸東西，還打了其中一個女兒耳括子。

丈夫沮喪的告訴醫師說：「我太太從前不是這樣子的。」

此外，她還喜歡兩腿跨蹲在床上，一副極無教養的姿態，音調忽高忽低的說著話，像是：「喂，你過來，我、我跟你講，我是那個、那個媽祖娘娘，身邊的那個喲。」讓人莫名其妙。

「會不會是腦筋出了問題？」丈夫忙問醫師。

「要檢查了後才能知道。」

檢查的工作也不順利，她像個被寵壞的頑童般，掙扎喊叫，不肯合作。拖到了下午，突然間昏厥過去，說得精準些，她死了——一個沒有心跳、沒有血壓、體溫遽降、瞳孔放大的人，醫學上的判定就是死亡。

在院方不知該怎麼處理、她的家人開始掉眼淚之際，差不多一個小時後，她又「活」了過來。

醫師們都快瘋了，想把以前讀過的教科書全燒掉。唯一慶幸的是還沒向高層報告，也沒讓記者知道，否則光是解釋就解釋不完啦。

這一回，她的情況很不好，既不能動、也不能鬧，身體非常虛弱，相反的是理智卻很清醒，能跟丈夫、跟女兒們聊天談心，訴說衷情，雖仍口齒不清，至少，家人心裡都認定這個人才是真正的她。

談話中，她告訴家人自己已經死了，希望能得到安息，否則將來會變成什麼樣子，她也沒有把握。這些話講完不久，她又是一陣抽搐，再度昏厥，隨即重新醒來，言行舉止又變成之前那副討人厭的模樣——亂吼亂叫，毫無理智。

相同的是，她的心臟始終沒跳過。

當醫師再度要求為她做檢查時，她的丈夫恍然大悟，想起了妻子那番話，遂斷然拒絕。

就這樣，她在昏昏醒醒中跟家人講了許多心底話，也做了許多交代。最後暈厥（死亡？）的那次，院方為她做了急救，卻已回天乏術，那回，她是真的死透了，從此沒再醒轉。

「這個故事的重點是，」海因澈說：「那個植物人的丈夫其實事先找了一個懂『那方面』的人幫忙，讓他太太甦醒，可惜的是，他太太身體太虛了，禁不起這種折騰，反倒死了。然而，這樣子活幾個小時，總比像殭屍一般的活幾十年好，你說對嗎？」

盧如運忙問：「你是說，有人可以幫人還魂？」

海因澈默認，說：「對方曾在我剛才提的那個植物人身上試過，至於屍體，能不能還魂，我就沒聽過了，而且『副作用』肯定很大。」

盧如運有點大喜過望，追問：「你認識那個高人嗎？」

海因澈又點了頭，卻沒回答。

那個高人是誰？我猜，可能是阿卿。

盧如運的手機這時響起……「喂，是，嘎？！確定？好好好，我去看看，在哪裡？好好好，我馬上。先通知阿凱他們嘛，是喲，好好好，拜。」掛上手機，他說：「海先生，那個『九死』又動手啦。」

「發現屍體了？」

「嗯，也發現了第二張拍立得照片。這回死的是個醫生。」

「醫生？」海因澈咀嚼著。

盧如運站了起來、準備離開：「已經可以確定這是連續殺人案，算是台灣在這個世紀以來的第一起連續殺人案。上頭叫我回去，說要成立專案小組囉。」

02 謎題

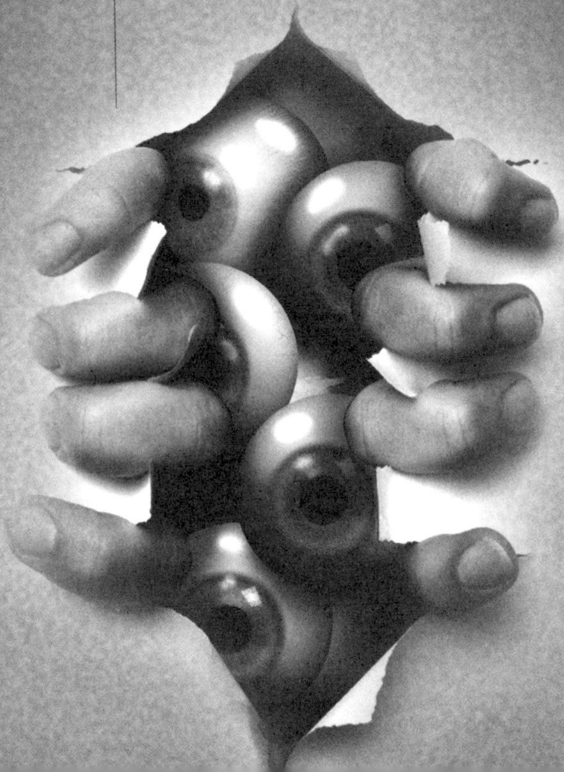

屍體是在海邊找到的，當然，這不是第一現場。

警方辦案嘛，海因澈自然不能跟來，但我是鬼，來了也沒人知道。而我是不可能錯過這種熱鬧的。

屍體冰冷僵硬，少了整條左腿，渾身赤裸，側躺在地。可怕的是他的表情，慘白透綠的臉皮，張大著一雙驚恐的眼睛，嘴巴打得好開好開，像是……被活活嚇死的。他的頭髮全都豎了起來呢（除非這醫師生前就留這種前衛的髮型），更讓人覺得他是被什麼給嚇死的。

這日烏雲密布，天色慘陰，海邊的人更少了，封鎖線很好佈置。

鑑識科的手腳快速，是怕下雨吧，下雨就不好辦了。

盧如運抄寫著資料：「李，子，敬，××醫院的精神科主任，五十一歲，幹，還很年輕嘛，」停筆抬頭問夥伴：「死因呢？」

「他們的初步判斷是失血過多。」這個刑警簡直是盧如運的「反指標」，矮、瘦、斯文，衣服也穿的中規中矩，外號叫「阿凱」。阿凱把裝進塑膠袋的頭號證物交了過來。

那張拍立得照片。

照片內的情景，跟第一張相同，柏油路面是兇手用白色粉筆畫的人形，人形的左側手部，擺了第一位死者的斷臂，右側下方腿部，則擺了第二位死者的斷腿。

照片背後也寫了一段文字：

我在報仇。我一共要殺五個人，把他們身上的一部分像這樣留下，拼成一個人形。當人形拼完後，你們就會知道我是誰，到哪找我，我也會束手就擒。如果你們想提前阻止我，可以，給你們機會，查出我要報什麼仇就行了。這是第二個。

署名仍是九死。

盧如運顯得很不爽，遞還照片：「有沒有查出什麼線索？」

阿凱說：「我們在附近發現兩家超商的監視器角度不錯，歹徒一定是用車子載運屍體的，說不定可以發現可疑的車輛。」

看吧，又是監視器。哼。

盧如運眼角突然看見一個人，警戒心頓時提高。那是一名混進封鎖區猛拍照的記者，手裡的小相機咖擦、咖擦猛響。氣得盧如運走過去吆喝：「喂！誰准你進來拍照的！」

一名戴帽子的警察聽了趕緊過去趕人。

事情還是鬧大了，上了報紙與新聞的頭條——

世紀奇案　連續殺人　歹徒放話殺五人

上月法官　本月醫生　警方辦案無頭緒

專案小組就在這種氣氛下成立了。從電視新聞裡的畫面來看，警政署長、內政部長到行政院長都聲色俱厲的高喊「一定要破案」、「必將歹徒繩之以法」。相關的所謂秘密：拍立得照片後的那些文字，也被公布出來。警方的目的與其說是破案所需，不如說是安撫大眾，讓大眾明白歹徒其實只殺特定人，而不是隨機犯案。

海因澈看完新聞，走到廚房洗碗，這時電話來了，是盧如運。

「喂……是你呀，你好。」

「海先生，明天能不能跟你預約外診？」

「外診？誰？」

「要麻煩你幫我們辦案，就上次提的。錢我會照付。」

「對方的家屬同意我們去他家？」

「張法官的家人不同意，李醫師的家人已經點頭了。」

「那，你的上司呢？」

「他們『原則上』同意。」

所謂原則上同意，就是同意啦，但不負任何責任，換言之，萬一消息走漏，引起媒體撻伐，「死」的就是盧如運一人。

海因澈一邊翻閱他的預約簿，一邊回答：「明天早上十一點到下午一點半，我只有這個空檔。」

「好好好。喲，對了，上次你跟我提到的那位高人，可以順便帶他來嗎？」

「高人？」

「就是幫植物人甦醒的那位。」

「喲？我……試試，但不掛保證。啊，你還沒告訴我地點。」

「嗯，地點是……」

那位掛掉的李醫師，他的家真不是普通的豪華，所謂豪宅，也比不上這類前有院、中有庭、後面還有花園的日本式建築。這種宅邸，多數是日治時代留下，後來才加以改建的。

走在一塊塊大理石鋪就的造型小徑上，欣賞著院子裡的楓紅、蔭綠與水流，我這個鬼都很想罵髒話：靠！有錢真好。

海因澈果然帶著阿卿來了。（作者按：關於阿卿的故事，請參閱第三集。）

阿卿她穿著時髦、姿態優雅，留著中長的直髮，白色襯衫搭配淺色牛仔褲，踩著一雙漂亮的高跟鞋。不說別人可能不知道，她已經五十歲了，而且還是個廟婆。她也是個老菸槍，可是這種場面，自然是不可能叼著菸了。

盧如運先到一步，與李家打好招呼，再跟李家的人一起迎入海因澈與阿卿。

李醫師的遺眷是他八十好幾的老母親，以及四十出頭的老婆，至於他的兒女都在學校，不在家裡。李老太太一頭銀髮，梳得整整齊齊，很是好看。李太太跟阿卿差不多，頗有風韻，不過她算年輕，倒不讓人稀奇。

客套的部分就跳過了，直接描述主題吧……

李老太太問：「海先生，你看到我兒子的魂魄了嗎？」

老太太是促成這整件事的關鍵人物，畢竟老一輩的人比較相信這個，要是換李太太做主，海因澈大概得滾蛋囉。（我看一旁的李太太臉色很臭）

海因澈嘆了口氣，搖了搖頭：「抱歉，沒有，他可能『不在』吧。」

盧如運緊張了，這場靈異大會才剛開始，就要結束啦？忙說：「不能再試一試嗎？」

海因澈把視線轉向阿卿，等她意見。

阿卿也開口說：「老太太，想跟您借一樣東西，幫助我們召喚李先生的亡魂。」

「哼。」李太太一旁冷笑。

李老太太問：「什麼東西？」

「你兒子有一條白色跟灰色相間的圍巾，就是那個。」

李老太太跟李太太聽了臉色頓變。

李太太打岔來問：「你怎麼知道有那條圍巾？」

阿卿神態充滿自信的說：「我幹這行又不是幹假的，當然知道。那條圍巾是他的初戀情人親手織來送他的，他很珍惜，唔，應該說非常珍惜。只有藉由亡者珍惜的東西，才好召喚他的亡魂。」反問：「一條圍巾而已，你們應該沒問題吧？」

李太太不悅的說：「來不及了，早叫他丟掉啦。」

「圍巾還在。」老太太忽然說，也嚇著了她媳婦，「阿敬捨不得丟，背著妳將圍巾放在我這裡。」

李太太無言。

李老太太這時站起，走進房裡，出來時手裡多了一條圍巾，正是白色跟灰色相間的舊圍巾，老實講，看起來還挺粗糙的。

阿卿接了過去：「事情過後，我會還您的。」

老太太擺了擺手：「不用啦，事情過了就丟了吧。」問：「對了，妳打算怎麼召魂？」

「這個……您還是不知道的好。」

老太太一愣：「不是在這裡進行嗎？」

阿卿看了海因澈與盧如運一眼，說：「不是。而且，妳們也不需要參與。」

盧如運趕緊打圓場說：「欸，妳們放心，有什麼結果，我會親自來向妳們報告的。」

老太太似乎無所謂了，點了下頭：「都可以啦。」終究她是白髮人送黑髮人，絕望跟死心是難免的。

那麼，阿卿選擇召魂的地點在哪呢？

是刑大鑑識科的停屍間。

「啊？！」車裡，盧如運滿臉豆花：「那地方不是隨便人都可以進去的耶。」

坐在後座的阿卿悠悠的說：「沒辦法，我也不想去呀，問題是如果想用我的方法召魂，一定要在屍體旁邊。」

盧如運瞥了海因澈一眼。

海因澈兩手一攤：「是你要我幫忙的，我不行，就只有靠她囉。你看著辦。」

盧如運靜默了一陣，沉吟說：「好吧，我賣賣自己的面子試試。」

召魂的儀式沒有桌案、沒有素果、沒有焚香，也沒有道士。有的，只是熄燈後的黑暗，以及阿卿手裡的一只銅鈴發出的叮噹聲。海因澈與盧如運陪在一側。我嘛，也在一旁觀看。

冰櫃裡的屍體是不能隨便拉開的，盧如運聽從阿卿的指示，在李子敬的屍櫃門上繫了一張她提供的符紙。就這樣。

阿卿保持站姿，輕晃銅鈴，叮叮噹噹聲響，口裡唸唸有詞……大概搞了一個鐘頭吧，才說：「可以了，開燈吧。」

「嘎？」盧如運苦笑：「我怎麼什麼都沒看到？」

「你想看鬼？」

「也、也不是啦，那，成功了嗎？」

「還不知道。」阿卿收下銅鈴：「接下來就只有等囉，依照我的經驗，屍體會在午夜後動起來。」

聽得盧如運瞠目結舌：「動起來？什麼意思？」

阿卿解釋：「如果管用的話，死者的亡魂午夜後就會回來。」

「然後屍體會……動起來？像殭屍那樣？」

阿卿沒好口氣：「不是啦，那是一種說法，亡魂會附在我身上。」指著屍櫃繫的那張符紙，「但符紙絕不能撕下，撕下了就不管用囉。」

盧如運鬆了口氣：「好，我會注意。」

海因澈這時開了口問：「阿卿，那條圍巾呢，妳打算怎麼用？」

「今晚我會披上圍巾等它，你們到廟裡來就明白了。」

海因澈苦笑：「盧警官是該去，我去幹嘛？」

阿卿拍拍海因澈的肩膀，不懷好意的笑笑：「誰教你把我拖下水，怎麼？我下去了，你就要走人啦？再說……你去是有必要的。」

「喔？」

「把兇手的真面目畫下來呀。」

「對對對，」盧如運一旁呼應：「海先生你的畫功一流，應該要到場。」

海因澈搖頭苦笑。

阿卿開的家廟叫做「天照宮」，裡頭拜的神祇五花八門，典型的道教風格，整個大殿神龕上頭的塑像，沒有個五十尊，也有三十尊吧。從小一點的財神、三太子，到大一點的佛祖、太上老君，簡直是應有盡有。

當晚十一點多，海因澈、盧如運先後抵達。

因為海因澈是個畫鬼師，身上有鬼，所以不好在家廟裡久待，很委屈，只能搬張椅子坐在側門門口。盧如運就沒有顧忌了，大落落坐在側門內的偏廳客椅上。阿卿呢？她披上圍巾，一邊抽著菸，一邊翹著二郎腿，坐在偏堂的主位裡，一派輕鬆。

桌面擺了整套的茶具，盧如運也不客氣，自動自發的煮水裝茶，泡給大家喝，三個人也聊開了話。不知不覺，就十二點了。

天照宮跟其他的家廟一樣，位於巷子裡，街頭巷尾，半夜十二點自然沒什麼行人經過。比較吸引海因澈、盧如運注意的是，附近的狗吠聲愈來愈多，也愈來愈響。本來這沒什麼，然而，當好幾條野狗慢慢聚集在廟的對面時，海、盧二人就曉得不對勁囉。

我也曉得。因為，那些狗不是衝著我吠的，牠們看到的不是我。

海因澈伸手拍了盧如運肩膀一下，盧如運看懂眼色，轉頭去瞧阿卿，阿卿已經垂下了頭，靜止不動，手上還端著茶杯呢。

盧如運低聲問：「來啦？現在怎麼辦？」

海因澈也低聲答：「我不能進去，你坐近她一些，看她出了什麼變化。」

盧如運看似大膽，遇到靈異鬼怪，膽子就縮小了，猶豫半天：「那你到底聽見鬼了沒？」

海因澈點了頭，起身走開——

「你幹嘛？」盧如運拉住海因澈的手。

海因澈苦笑：「那些狗太吵了，我去趕一趕，免得引人注意，嚇跑了亡魂。」

盧如運看海因澈走得遠了，猛吞口水，遲遲不敢行動。

他不敢，我敢，我飄了過去，看看阿卿的情況……垂下頭的阿卿被頭髮蓋住半張臉，看不清表情，可是卻聽得到「聲音」，一種呢喃低語聲。問題是，她的嘴根本沒動。

趕完狗的海因澈這時走了回來：「你怎麼還沒過去看呢？」

盧如運耍賴說：「有啊，看了呀，我又看不懂。」

「欸，亡魂已經來啦，你不快點發問，等會兒它一走就不好辦了。」

盧如運這才勉勉強強靠過去查探，然後回頭說：「她、她好像在說話，可、可是……她的嘴沒動呀。」

海因澈想了一想說：「把她轉過來，快。」

「轉過來？」

海因澈指著阿卿坐的那把附有輪子的椅子：「把椅子轉過來！」

便在這時候，椅子自己轉了，刷——

阿卿背對著他們兩個，她後腦勺的頭髮頓時被風吹開（是陰風吧），頭髮裡露出一張男人的臉！嚇得盧如運「你娘哩」、「幹」的亂叫，倒退好幾步。

海因澈趕緊擋住他：「別怕，那是附身，是亡魂來了，有問題快問。」

盧如運像個娘兒們似的，緊緊抓住海因澈的手臂，嚇得臉色發白，猛飆髒話，哪裡敢上前提問？

他不問，對方就先問了，那張臉，是由阿卿後腦勺的皮膚「擠」出來的輪廓，像是嘴巴的地方，「開口」說：「這裡是哪？」聲音低沉細微，得很仔細才聽得到，應該是李子敬的嗓音吧。

海因澈代替盧如運大聲回答：「這裡是一間廟，他（指著盧如運）是警察，想問你一些問題，抓出害你的兇手。」

對方低頭（對阿卿而言，就是仰頭了。）看著那條圍巾，咽咽嗚嗚說了些聽不懂的話，然後才回答：「害我的人，我也不認識，是個中年男子，長得……」

海因澈趕忙拿出事先準備的紙筆，手忙腳亂的畫起來。都怪盧如運，他要是別怕成這樣，海因澈也用不著手忙腳亂，邊畫畫還得邊替盧如運發問：「兇手沒說什麼話？」

「他說……我沒有醫德……害死……所以要我血債血償……」

「他沒說別的？」

「他要我自己想……他告訴我……我跟張大文有關聯……」

海因澈忙問盧如運：「張大文是那個死掉的法官？」

盧如運點了頭。

附身的亡魂又說：「他還說……下一個受害者是……鄭ㄔㄥˊㄕㄣ……」

「鄭……」

刷——便在這時候，椅子又轉了回來，阿卿仍是垂頭靜止，手上端著茶杯。

海因澈與盧如運納悶對看。

沒多久，阿卿悠悠醒轉，頓了一下，有點像打瞌睡被抓到後醒來的模樣。她看看手裡的茶杯，放下它，然後伸個懶腰、打個哈欠，輕鬆的問：「都解決了嗎？」

盧如運坐回他的位子，餘悸猶存：「你、你知道剛剛自己被鬼附身？」

阿卿點了點頭。

海因澈則將手裡的畫（只畫了髮梢、簡單的臉型、五官與脖子）拿給阿卿看：「只問到這個，還有一個我不認識的人名。」

阿卿順了順自己的頭髮，說：「那就夠啦，你們可以回去了，我也要睡囉。」

盧如運忙問：「等一等，明天、明天還可以再來一次嗎？我還想多問些問題。」

阿卿跟海因澈同時瞪了他一眼，意思是：那你剛剛不問？不過，阿卿還是很大方：「可以，只要屍櫃上的符咒還在，明天我們再來一次，但我要告訴你，這種事一次會比一次難，附身的時間會愈來愈短，你要把握機會。」

隔天午夜，同樣的地方，原班人馬，又把這場靈異辦案的遊戲再「玩」一次。就像阿卿說的，一次比一次難，這次亡魂上身的時間拖到半夜三點多，海因澈都打起盹了，並且，亡魂上身的時間也很短，也沒講出什麼新消息，唯一的收穫，大概就是讓海因澈把那張嫌疑犯畫像修得更細緻。

警方隨即公布了畫像（至於「目擊者」，警方死都不敢公布。）。而盧如運也指揮專案小組全力查察「鄭池深」是誰。

這才是一條關鍵線索。因為，兇手肯定不知道警方會用靈異的手段辦案，他殺人的時候，才敢告訴被害者，哪裡猜得到警方竟能從死者的嘴裡問出這個名字。

不過，這個名字很普通，上網一查，同名同姓的不少，警方也得查出到底是哪一個人才有用。

很快地他們便鎖定了一個名人——台南縣的「鄭持身」縣議員。

唔，至少同音嘛。況且到目前為止，兇手殺的都是上流人士，固然台灣議員多半都很下流，但至少是一種上流職業。

鄭持身在他位於新營市區的服務處接見盧如運與阿凱。

當這兩個刑警並肩出現時，看起來就像「七爺與八爺」出巡，對比極大。

理所當然，我也跟了過去。事實上，這些日子我經常跟著盧如運外出「辦案」，這比跟著宅男海因澈有趣多了。更有趣的是，不知為了什麼，盧如運與阿凱身邊的鬼魂超多的，應該說，這票警察身邊跟著的鬼魂有一大堆，可能是希望警方替它們伸冤吧。所以囉，我交了不少「好朋友」。鬼跟人一樣，唯有走出去，才能拓展視野。

這部分待會兒再談，先說鄭持身的這場會面……

「議員，」主客就座後，盧如運開門見山就轉述了李子敬亡魂的話，是啦，他當然說內容來自於某一條「秘密」線索：「你認識李醫師嗎？」

鄭持身苦笑：「不要說認識了，連一點印象都沒有。」反問：「你確定聽到的鄭ㄔㄕˊㄕㄣ，是我這兩個字？或許不是嘛。」

盧如運也苦笑：「是呀是呀，我們也不希望。」

阿凱一旁說：「但我們查過，你是認識張大文法官的，從這裡切入，可能比較好。」

鄭持身說：「我是認識張法官，以前我在『受害者協會』擔任主委時，常跟他們法界的人聚餐、開會什麼的。」眉頭一皺，「可是我們應該沒有共同的仇家耶。你們查過那個醫師（李子敬）有沒跟人家出過醫療糾紛？」

「查過，還真的有。」阿凱拿出一疊資料，翻閱著說：「半年前，有個人告李醫師醫死了他女兒，還開過記者會。」

鄭持身不太禮貌的搶過那疊資料去看，看著看著，雙眼一亮：「就是他！」

那是一張剪報上的照片，裡頭是個皺紋超多、眼神超自卑的老頭。「他來過我的服務處要我幫忙，替他申訴。」

盧如運明白了，問：「你沒幫他對不對？」

鄭持身嘆氣說：「是服務處的人處理得不好啦，這個人可能很恨我。」

盧如運聽了靈機一動，手機拿起來就撥了……「喂，阿美呀，幫我查個資料，第……十七號線索的剪報裡，有個叫楊尚勇的人，跟死者李子敬打過醫療官司，當時的法官是誰……好。」

等了差不多三分鐘吧，手機那頭傳來令人振奮的消息：「盧sir，我查到了，那個承審法官就是第一位受害者，張大文法官。」

盧如運簡直是跳了起來，興奮的對阿凱說：「我們找到頭號嫌疑犯啦！」

03 頭號嫌疑犯

最初警方沒能鎖定楊尚勇這個人，那是因為連不上張大文那個點，承審李子敬醫療糾紛的法官人數眾多，張大文也不是定讞的法官。如今情況不同了，他是唯一跟兩位死者（及第三位可能的死者）都有關聯的人，自然成為頭號嫌疑犯。

警方在楊尚勇出門時把他帶回警局。

楊尚勇七十歲了，應了老神在在這四個字，冷冷坐在偵查室內，根本沒把盧如運他們放在眼裡。

「你們兩個，」刑大大隊長把盧如運跟阿凱叫到辦公室去，「這個老頭就是頭號嫌疑犯？矮、瘦又『薄板』（身體單薄），可能嗎？」

盧如運硬凹說：「這很難講，搞不好他還有共犯。」

「那共犯呢？」

阿凱也說了：「我們正在逼問呀。」

我們這票旁觀的孤魂野鬼全笑翻了，頭號嫌疑犯？還以為是個變態中年男子呢，結果竟是個路都走不穩的老頭。

說起我剛認識的這票鬼朋友，肯（能）跟我聊天的有兩個，一個是老昌，另一個是蘇乀。老昌死了很多年啦，只剩半顆頭，跟他聊天得站在他右邊，不然會很噁心。蘇乀呢，是個爛賭鬼，被黑幫逼得跳海自殺，所以他走到哪裡，哪裡就有水漬。活人是看不到啦，只能感覺地上潮潮的。

老昌笑說：「幹，這兩個天兵，靠他們辦案，害我的兇手永遠都抓不到啦。」

蘇乀一旁也說：「是呀是呀，這老頭怎麼可能連殺兩個人呢。」

我向四周其他圍觀的鬼魂看去，有的鬼魂興趣缺缺，已經飄遠了；有的鬼魂竊竊私「語」，大概也在罵。這其中，有一道新來的鬼魂引起我的注意，它穿了一件白色的連帽T恤，套頭蓋住，看不見它的臉。其實又何必呢？只要它不想讓我看見，就算穿的是背心，我也沒法度。

回到活人的世界吧。

因為沒有直接證據，羈押楊尚勇並不可能，只有把他放了，再派人加以跟監。

盧如運辦案的重點轉成保護鄭持身的安全。

有趣的是，楊尚勇就跟其餘的老人家一樣，有筋骨痠痛的問題，你們猜，他常去找誰推拿？哈！沒錯，正是海因澈。他還是海因澈的老顧客呢。負責跟監的警方頗為無言。

這天中午，兩點半鐘，楊尚勇來到海因澈的住所，他預約的正是這個時間。

「怎麼樣？楊老，脖子好一點了嗎？」海因澈殷勤招呼。

就叫他楊老好了，楊老沒好口氣說：「脖子是好多了，但心情不好，被那票笨警察給搞的。」

海因澈一愣：「警察？」

楊老於是囉囉唆唆的把他被盧如運逮到市刑大的過程，詳細說了……當然啦，海因澈一邊聽，一邊也要他躺上推拿床，幫他診斷、按摩、鬆筋軟骨。

楊老最後這麼結論：「你說離不離譜？這些笨蛋，認為我殺得了人哩，哼！」

海因澈參與過這件大案子（楊老並不知情），聽說了這些事，很有感觸，眉頭也皺了：「大概你跟死者有所關聯吧。」

楊老說：「有關聯又怎麼樣？是他們來跟我關聯，又不是我去跟他們關聯。」

這個楊老的病症是「頸椎神經根病變」，什麼是「頸椎神經根病變」？說的簡單些，就是脖子得了「坐骨神經痛」的意思。身體有脊椎，脖子有頸椎，它們都攀附了很多神經，神經到了脊椎的尾巴，也就是髖關節附近，容易被骨頭壓到，而在頸椎的神經，也容易被骨頭壓到。神經一旦被壓到，就會痛個沒完沒了，讓你坐立難安、輾轉難眠。那麼，一個人好好的，他的頸椎為什麼會壓到神經呢？還是那句老話——長期的姿勢不良所導致。

楊老的工作是看顧機台，必須低頭操作儀表板，經年累月，他的頸椎關節就變形了，說白一點：骨頭的間隔變小了。這一來，頸椎附近的神經根（根部）就被壓到囉，也就痛到不行。

起初是從手腕到肩膀一路發麻，麻到皮膚摸起來都很怪，接著是開始痠、開始痛。痛起來的感覺就跟牙痛差不多難受，但更複雜，根據楊老的說法，好像是有人拿了冰塊，貼在你的手臂上不放，試試看，那不是冰，而是痛。到了後來，楊老的手根本不能放下，與「五十肩」恰恰相反，他必須把手一直舉得高高的才能稍稍舒緩疼痛，舒緩的效果也有限。

在這種情況下，很難找到舒適的姿勢，睡覺成為奢望，於是楊老開始失眠。失眠又促使身體其他部位，像肩膀、背部與腰部跟著痠痛，痛苦就蔓延開了……

頸部的關節是很敏感而脆弱的，一般來說，不得隨便推拿，要是出了差錯，輕則全身癱瘓，重則當場斃命。海因澈又不是神仙，自然不敢去動楊老的頸關節，當楊老哭著來找他時，他二話不說，帶著楊老去成大醫院的復健科求助。復健科的主任醫師是位很厲害的醫師，替楊老照了X光，確認了病情，然後為楊老打了一針，就一針，那個晚上，楊老的痛苦便獲得極大的消滅——可以睡覺了。

我猜那一針大概含有類固醇吧，這麼神。

不過陳醫師對楊老諄諄告誡：「你得常去做復健喲，唄唄，你脖子的骨頭都彎成這樣了，不復健的話還是會再發作的，不會好喔。」

從那開始，楊老除了是海因澈的常客外，也變成成大復健科的常客。

「好啦，」海因澈拍拍楊老，示意他可以起床了：「你的肩膀、背部差不多都不痠了，頸椎復健的也不錯，但還要繼續去喲，沒那麼痊癒。」

楊老像個乖孩子似的，頻頻點頭答是，少不得，老生常談一番後才走……

三點半了，下一位預約患者也到啦。那是一個跟楊老完全相反的人。

一個辣妹！辣妹留著一頭染過的咖啡色捲髮，時髦又俐落，穿著一件小背心加牛仔短褲（超短的那種），年輕又性感，渾身古銅色的肌膚搭上一雙又長又結實的美腿，給人外向、愛運動的印象，至於五官，雙眼大得跟外國人似的，鼻高唇薄，可能是原住民或混血兒。

海因澈竟然認得這樣一位辣妹：「小熙！？妳怎麼來啦？」

我才知道，她叫李勿熙，住台中，二十幾歲，也是個畫鬼師，與阿圖師與海因澈都打過交道，有點交情。

小熙（以下都這麼叫她了）美美的笑說：「前晚我打電話跟你預約時間，你都聽不出我的聲音呢。」

海因澈忙去看約診簿上的記載，寫的稱謂是「吳小姐」，介紹欄則寫「阿圖師」。

「妳也太調皮了吧，這樣騙我，難怪我覺得聲音有點熟悉，就是想不起是誰，原來是妳，呵呵呵，來台南玩？」

小熙大落落的走到沙發邊，小屁股「咚」的坐下，將一雙修長的美腿直接交疊在矮桌上：「我是來辦正經事的。」

靠！正，經？妳爸如果不是已經往生了，肯定狠狠的操妳這小妮子。

海因澈走到冰箱旁，拎了兩瓶飲料出來，遞了一瓶給她：「山上的生意怎麼樣呀？伯父的身體還好吧？」

「我爸還是老樣子。」她笑笑：「我的生意就很好了，人家本來是包車來觀光的，結果都變成了我的常客，三天兩頭就來看病。」

來的都是些男的吧。哼。

「來的都是些男的吧？」海因澈也這麼問。

她聳聳肩膀：「我可不是花瓶，告訴你喲，我連鼻竇炎都知道怎麼推拿治療了呢。」笑得花枝亂顫，我注意到她的胸部還不小，顫呀顫的，「傳授我的那個師父不是好人就是了。」

「不是好人？」

「就是傅樂奇嘛。」

海因澈一聽，臉色大變。

誰呀？

她說：「我這次來，要跟你們提的就是他。」

「他？就是你要辦的正事？」

她將喝一半的飲料瓶放下，點了頭說：「傅樂奇推拿的功力愈來愈好，但他的心腸愈來愈壞了，他……開始隨興殺人囉。」

海因澈苦苦一笑：「這不稀奇。倒是妳，幹嘛跟他走得這麼近？」

「我才沒有哩，是他來找我的，說要跟我做個交易。只要我教他催眠的一些基本技巧，他就教我鼻竇炎的推拿手法。我想一想，覺得這筆買賣太划算了，所以囉，就答應啦。」

「催眠？」海因澈因此陷入了深思……

以前聽阿圖師提過，全台灣的畫鬼師一共五個人（單純的「陰陽耳」就比較多了），五個畫鬼師交情有深淺，可是彼此都認識，公認最厲害的，應該就是這個傅樂奇了，而傅樂奇的心腸也最壞。

雖然五個人都是做推拿的，私下卻各自學了不同的相關技術精進，其中以阿圖師學的最多最雜（年紀也最大），海因澈學的最精，集中在筋骨，狄二羅學了武術，李勿熙學了催眠，至於傅樂奇嘛，學的則是法術，還是最最邪惡的法術。

舉個例吧，也是聽海因澈跟人說的。

有個男人慕名找上了傅樂奇，希望傅幫他一個忙：「……讓那個女人去死！」

傅樂奇冷笑：「你想殺死你太太？」

「噓。」男人害怕得左顧右盼，低聲問：「你辦得到吧？」

傅樂奇點頭又笑：「而且很便宜，事成了我才收錢。」

「嗯，很合理，那，多少？」

「五十萬。」

「五十萬？」輪到男人冷笑了：「五十萬……那就還好啦，沒有多便宜嘛。」

傅樂奇沉下臉說：「你是一個老闆，停在我門口的那輛車就不只兩百萬了，還嫌我貴？我殺人的手法你也聽過，不留痕跡，乾淨俐落，絕對牽連不到你，這樣才五十萬，便宜的很。」

男人扁了扁嘴，點頭答應：「好吧，但是要快，如果拖得太久，我就找別人幹了。」說完，留下一份他老婆的相關資料才走。

為了一個年輕、漂亮的辣妹，男人決定離婚，無奈他老婆死都不肯，開出的離婚條件更是嚇人，要搞破局。辣妹跟男人說，她不想當小老婆，若是再不離婚，便要離去。男人於是心一橫，花錢買兇，要置妻子於死地，而使用法術殺人的傅樂奇無疑是最佳的選擇。

兩天後，男人的大老婆收到了一封信，那是一只很大的牛皮紙袋信封，寄件人自然沒有署名。信封裡裝了一張畫，逼真的色筆素描，就跟相片般栩栩如生。畫的正是她。不過，畫裡的她活像是一個夜叉：雙眼佈滿血絲、張牙咧嘴，神情猙獰得連她看了都害怕。

事實上，她雖然不年輕也不算漂亮了，起碼還有氣質，和藹可親這個詞也能派上用場，即便曉得丈夫外遇的最初，也沒有氣到像畫裡那樣。

畫的背面寫了一通電話，是傅樂奇的手機。大老婆打了過去……

傅樂奇不知編了什麼藉口，將她誘到了他那兒，告訴她「妳老公要殺妳之類」等等。

大老婆非常悲憤，當下失去了理智，衝到情婦（小辣妹）那兒找丈夫理論。

男人並不在，應門的是小辣妹。

兩個女人很快就一言不合，吵了起來，上演起了九點檔的韓劇情節。不同的是，憤怒的大老婆想起自己為了丈夫犧牲的青春、奉獻的心血，換來的竟是丈夫一紙「追殺令」，實在無法接受，於是給了小辣妹一巴掌。

小辣妹又驚又怒：「妳敢打我？我媽都沒打過我，妳竟然敢打我！」

大老婆咬牙切齒：「我是替妳媽媽教訓妳，做人要懂得羞恥！」

小辣妹也不是省油的燈，立刻回手。兩個女人於是滾在地下扭打起來……總之呢，獲勝的是大老婆，她將小辣妹活活掐死，然後到廚房拿了把菜刀，把屍體大卸八塊，以消心頭之恨。

整間房子全是鮮血與屍體的內臟，好不恐怖。

偶然，大老婆瞥見了辣妹她家客廳裡的鏡子，鏡中的自己，就跟那張畫裡的一樣，雙眼佈滿血絲、張牙咧嘴、神情猙獰恐怖，活像是一個夜叉。那一片刻，她才「醒」

了，驚覺自己怎麼殺了對方，還做出了那些可怕的事，她抓狂發瘋，從辣妹家十五層樓高的陽台一躍而下——

死了。

同樣又過兩天，男人捧著五十萬現金，回來找傅樂奇。

傅樂奇收下了錢，滿臉堆笑。

男人表情複雜（就是又氣又怕又納悶那種）問：「你為什麼這樣做？連我心愛的女人也都殺了？」

傅樂奇聳聳肩膀：「她可不是我殺的。」

「哼，你自己心裡明白，我也明白。」

傅樂奇趨前笑問：「既然如此，你為什麼還乖乖的把錢捧來給我？」

男人喪氣的說：「因為……因為我很怕你。」

傅樂奇點點頭：「那就對了，你，可以滾了。」

回到現在……

海因澈沉吟：「以他的本領，他想殺人，沒必要去學基礎的催眠術呀。」

小熙也變得嚴肅起來：「所以囉。他還說他要到台南來，你們台南最近不是出了一件轟動全國的大案子？你想這其中會不會有關聯呀，我來找你跟阿圖師，是想向你們報訊。」

「去過阿圖那裡了？」

「還沒。」

海因澈拿起機車鑰匙說：「那走，我們一起過去。」

聽完海因澈與小熙的陳述，阿圖師「依照慣例」，坐在藤椅上抖著他的腿，一邊思考一邊說：「以我對傅樂奇的了解，他是個相當自負的人，他要是想用他的本事在台南殺人，肯定不怕我們知道。我甚至認為……」瞄了小熙一眼，「他是故意要讓我們知道的。」

小熙聽得頻點頭。

以前我就對這個神秘的高手很感興趣，現在曉得這件事，就更感興趣了。

「我也這麼認為，」海因澈苦笑：「難就難在，他為什麼這麼做？」

阿圖師把頭一偏：「會不會跟妳前幾天幫警方辦的那件案子有關？」

小熙說：「我也這麼跟海因澈講。」

海因澈搖了搖頭：「警方已經不找我啦，何況，就算有關，我也不知道有關在哪。」

小熙噘嘴說：「該不會……他就是兇手？」

阿圖師與海因澈都搖了頭，海因澈更說：「他雖然相當自負，可是卻是個不愛出風頭的人，還不至於公然挑戰公權力。」

小熙不以為然：「如果要我來講，別說什麼公權力了，這傢伙什麼都敢挑戰。」

阿圖師凝視海因澈問：「你認為呢？」

海因澈沒有回答，只是看向窗外，望向遠方。

回到鄭持身的家，哇，姓鄭的簡直被當成總統候選人一樣在保護，警方除了派人到他家門口站崗外，還定時派了巡邏車四下跑。屋子裡另有一名貼身保鑣。

搞成這樣，鄭持身本人卻不太領情，他仍認為自己並非兇手的目標。

我能怎麼辦？一下子在海因澈家裡，一下子在市刑大，一下子回到鄭家，唉，做鬼做得這麼忙。

那一夜，有個男人騎著一輛破腳踏車經過鄭宅，行人稀少的街頭，根本沒人注意，連我（鬼）也沒多看一眼。男人騎近鄭宅時，不停按著腳踏車車鈴，發出叮叮、叮叮的聲響。說也奇怪，他並不騎遠，路尾迴轉，又繞了回來，靠近時又發出叮叮、叮叮的聲響。便在這時候，他停車了，停在鄭宅大門前。

站崗的警察上前接過男人遞出的一只牛皮紙袋信封。

十分尋常的互動。

男人接著又騎著腳踏車走了。

那只牛皮紙袋信封讓我想起了傅樂奇的故事。至於男人，他穿了一件白色的連帽T恤，套頭蓋住，看不見臉。讓我想起在警察局遇到的那個鬼。怪的是，這男人並非那個鬼。

一種「事情要發生了」的預感侵襲著我，於是，我飄進了鄭家的屋內，看個仔細。

警察將那只牛皮紙袋信封，交到了鄭持身手裡。

「這是啥？」他問。

警察表情呆滯的回答：「你的掛號。」然後便轉身走人。

鄭持身碎嘴說：「掛號？嘖，阿你們白天不拿給我的助理，現在才給我。」邊唸邊將信封打開，裡頭裝了一張畫，逼真的色筆素描，就跟相片般栩栩如生，畫的正是他的全身寫真。

但畫裡的鄭持身皮黑肉焦，還少了一條左臂。

鄭持身看得膽顫心驚，自言自語的罵：「你娘哩，誰人寄這來給我？真正是ㄏ，幹。」氣得將畫扔到桌上，順手在桌上摸了菸與打火機在手，轉身走進了廚房裡點火——

轟！

廚房發生了瓦斯氣爆。為什麼？老實講我也不清楚。它就是發生了。

正在客廳看電視的保鑣也嚇一大跳，衝進來看，鄭持身已經渾身著火，躺在坍塌的流理台下。保鑣趕緊脫下外套，撲打火勢……

在他們救火的救火、救人的救人時，我回到了客廳去看那張畫、那只信封，想當然耳，信封上的寄件人沒有署名，也沒貼郵票。就這樣，鄭持身在警方嚴密的保護下「意外」身亡。

04 奪手

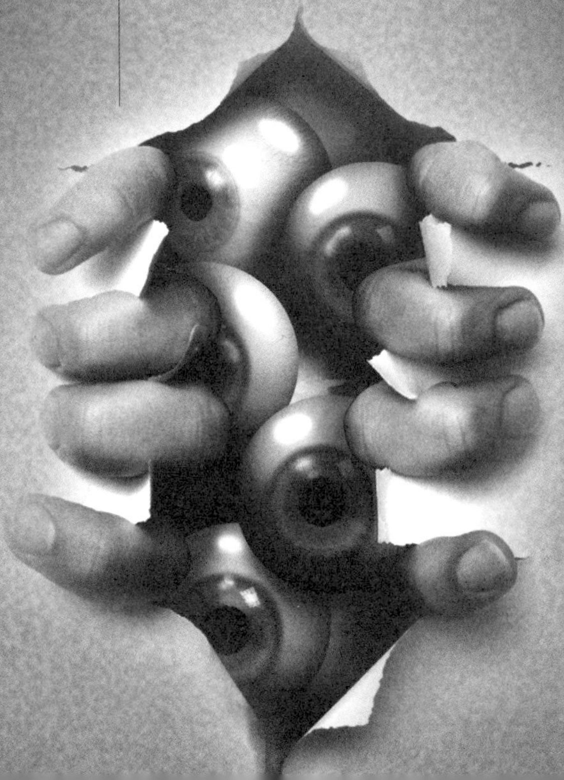

「你們是幹什麼吃的！」

市刑大大隊長氣得猛拍桌面。桌前，盧如運與阿凱外加幾名負責保護鄭持身的警察，站成一排，夾著卵蛋立正。

大隊長怒不可遏，幹譙了一頓後，指著其中一名刑警問：「鑑識科怎麼說？」

「鑑識科說是瓦斯氣爆，死者是被坍塌的流理台壓斷胸椎，加上燒傷的面積太大，窒息死亡的。」

大隊長指著另一名刑警問：「那張畫檢查得怎麼樣了？」

「沒什麼耶，就是很普通的一張素描，沒有暗藏機關。」

大隊長沒好口氣的說：「真是怪了，那笨蛋為什麼一直說是郵差交給他的？大半夜哪來的郵差，他是中邪了嗎？」

保鑣指稱，站崗的警察曾拿一只信封給鄭持身，出了人命，警方自然得追查。

大隊長指著阿凱問：「監視器查得怎麼樣了？」

阿凱兩手一攤：「兇嫌把頭跟臉都遮住了，根本看不到是誰。」

「範圍外的監視器查了沒有？」

阿凱點頭：「正在查，有一百多支是可能的，需要一點時間。」

「那就快一點，快一點行不行！」大隊長轉向盧如運：「法醫怎麼說？」

盧如運答：「死者的左手臂被壓斷了，我把它另外冰起來，派人看守。」

大隊長一愣：「看住那隻手做啥？」

盧如運就等隊長這麼問，也好表現出他的機智：「吶，兇手在蒐集死者的四肢跟軀體，可是鄭持身的斷臂在我們這裡，我認為他會來偷，不然他的計畫就算失敗了，他一出現，我們就能抓住他啦。」

從剛才就一直暴怒的大隊長聽得雙眼發亮，平靜了下來，嘴角緩緩上揚：「真的嗎？」

盧如運點了點頭：「我有把握，至少，這回現場沒有留下相片，除非這一次殺人的不是我們要抓的那個兇手，不然以我對兇手的研究，他一定想把那隻手給搶回去的！」

大隊長愈聽愈有靈感，趕緊指示身邊的公關說：「告訴記者，這次只是意外，是瓦斯氣爆，不是什麼兇案。」

公關點頭如搗蒜。

大隊長得意的說：「這一來，兇手肯定急了，怕別人不知道這是他幹的，他更想來偷那隻手啦。我這個計策不賴吧？」

刑警們都賠笑說：「是啊，是啊。」「這招妙呀。」

盧如運的這條計策，瞬間就被大隊長給搶了，變成大隊長的計策。

大隊長又指示盧如運：「記住！這回要派些精明的人看守，別再派個連郵差跟殺人犯都分不出的笨蛋啦。」

「是！」盧如運答應。

警署裡的鬼魂們還是很多，我跟它們相見歡，聊了起來……

「你還在跟著那票笨蛋辦案？」老昌對警方的能力已經完全絕望。

「有趣嘛，其實不關我的事。」

蘇ㄟ的額頭一邊滴著水，一邊說：「那個新來的有點古怪。」

老昌轉動它只剩半顆的頭去看：「哪個新來的？」

蘇ㄟ指的正是那個穿了白色連帽T恤、遮頭套臉的鬼。

我問：「你要不要過去跟他打招呼？」

蘇ㄟ搖頭。

「我去。」老昌主動飄了上前。

我也跟著看熱鬧。

對方似乎察覺到了我們靠近，卻也不避開，本來它盯著辦案的警方在看（不知它在看什麼），這時，緩緩轉向我們。

我跟老昌對看一眼，接著，飄了靠近：「嗨。」

嗨？我真是笨鬼，說什麼「嗨」呀，又不是網友在碰面。

對方的臉並不清楚，是頭套裡黑黝黝的一個洞而已，如我所言，鬼如果不想被看見，即使我也是鬼，照樣沒法度。它沒跟我回招呼，卻把手慢慢放在警局的牆上拍了一拍，然後指著我，再指著牆。

「你要我也拍拍牆壁？」

它點了頭。

老昌看對方不理它，有點不高興：「這個瘋鬼。拍牆壁幹嘛？我們是鬼，又沒辦法碰觸東西。」

我是聽海因澈提過啦，有些厲害的鬼不但能碰觸實物，甚至還能移動實物。不然你們以為「鬧鬼」是怎麼來的？好吧，既然對方要我試試，我就試試囉，我飄到它的身邊，按照它的手法，也去拍拍牆壁——

噗。噗。

天啊！嚇我一大跳。

一道聲音同時在我耳畔響起：「多練習，以後，你會發現樂趣無窮。」

我循聲去看，對方已不知去向：「它呢？」我問老昌。

老昌只是嫉妒，也來拍牆，可是無論它怎麼拍，手掌卻總是穿牆而過，並不受力：「幹，你是怎麼辦到的？」

「我也不曉得。」我又拍拍牆壁，牆壁再次發出「噗」的輕響，讓我好有成就感：「呵呵，就是會響嘛。」

蘇ㄟ也過來問了：「以前你不知道？」

我搖搖頭，伸手去拍附近的一張桌子，說也奇怪，我的手仍舊穿過桌子，並不像拍打在牆壁那樣。

老昌壞心眼的嘲笑：「喲，你也只能拍牆而已，呵呵。」

為什麼？差別跟關鍵在哪？莫非是它剛才離開前的那句話：多練習。那我又該怎麼練習呢？

正當我在思考時，一個熟悉的身影走進這裡了，是當晚那個「郵差」！

老昌跟蘇ㄟ看見都很驚訝：「他是人是鬼？」「剛剛還是鬼，現在怎麼又變成人啦？」

「注意看，不是同一個。」我指著那個穿了同一件白色連帽T恤的傢伙說。

蘇ㄟ質疑：「剛剛那個鬼，還有同夥活在人間？」

也許。這次他來，為的又是什麼？

男子拿出一頂鴨舌帽戴上，邊走，邊在手裡晃著一只鈴鐺，噹噹、噹噹的響。在場來來往往的警察們似乎對他視而不見，任由他穿過大廳、經過辦公室，一路走到停屍間，走了進去。

盧如運之前提到的那隻（鄭持身的）斷臂，就冰在這地方。

冰櫃外頭，有一名法醫坐著在寫報告，還有兩名刑警靠在牆上聊天。他，竟走向兩名刑警，邊晃著鈴鐺，噹噹、噹噹，遞出了一張白紙。兩名刑警接過白紙，臉色大變，快步走到法醫桌前交出。法醫看了幾眼，搖頭晃腦的站起，走到其中一排冰櫃前，取出一隻用證物袋包裹的斷臂，轉身交到男子手裡。

男子於是又晃著鈴鐺，噹噹、噹噹，悠悠哉哉走了出去，離開這棟大樓。

留下發呆的刑警與法醫。

哈！就像盧如運說的，來偷手臂的人肯定就是元兇，那我還等什麼呢，當然是追了過去囉。當我飄到警署大門前，一道無形的力量擋住了我！讓我說什麼也穿不過去，只能眼睜睜望著「鈴鐺男子」遠去的背影。

我想，我知道是誰擋住我的，應該是它。我很害怕，這是我第一次被同類給擋住。

隔天的「水」果日報，頭條刊出——

世紀大案　第三名受害者出現

南縣議員　慘遭火焚斷臂　警方說謊隱瞞

報導還附了一張兇手寄來的照片，仍是拍立得照片。照片內的情景跟前兩張相同，柏油路面是兇手用白色粉筆畫的人形，人形的左側手部，擺了第一位死者的斷臂，右側下方腿部，擺了第二位死者的斷腿，右側手部則擺了鄭持身的斷臂。

照片背後寫的文字也相同，唯一不同的是最後一句已經改成：

這是第三個。

照片被寄到了報社，加上警方確實遺失了屍體的手臂，之前說的漂亮謊言：氣爆意外，如今立刻破功。

刑大大隊長先被署長叫去聽訓，接著，大隊長就把盧如運他們叫來立正夾卵蛋了：「怎麼搞的你們！？放在自己家裡的東西都會被偷？你們還有臉嗎？那兩個看守的傢伙是誰？誰！」

那兩個刑警一臉「屎」面的出列，頭還不敢放低呢。

「怎麼回事？說！」

刑警之一怯怯的說：「我們明明看到老盧（盧如運）進來，拿了一張您寫的條子，要我們把那隻手臂移到別的地方，所以才……」

大隊長氣呼呼質問：「那為什麼剛剛從監視器裡看到的，是一個陌生人拿了張白紙給你們，你們就把東西交給他啦？」

兩名刑警都啞口無言，說不出話。

我猜，盧如運的下一步應該是回頭去找海因澈幫忙吧，這種怪事，不是他們能處理的。

果然沒錯！當天下午，盧如運與阿凱就到了海因澈的家，儘管他們沒有預約。

「你這樣不行啦，」海因澈抱怨：「等一下我還有客人耶，怎不打電話來？」

盧如運哀怨的說：「看過今天的報紙沒？電視新聞也有，我們專案小組讓兇手甩了一耳括，」苦笑：「我不得不來找你啊。」

海因澈納悶，他是看過報紙，也看過新聞，卻不知道內情，不知道對方竟然用了如此大膽的手法，當著警方的面，把人殺了，還在全警署的眼前，把東西拿到手。聽完盧如運一五一十的描述（預約推拿的患者也到了），海因澈沉吟：「我想我曉得他是怎麼辦到的了。」

「怎麼辦到的？」盧如運急問。

海因澈先跟患者打招呼，接著，才回頭跟盧如運說：「等我做完工作，再告訴你。」盧如運正要開口央求，海因澈補上一句：「不用急，我只曉得原因，不曉得如何解決，所以你……真的不用急，去沙發上坐著等吧。」

過了一個多小時，送走患者後，他們三人才又繼續上述話題……

「催眠？」盧如運驚訝的問：「你是說真的？」

海因澈點了下頭：「我聽一個同行說的，對方曾向她（小熙）請教過催眠的方法。」

一旁，比較鐵齒的阿凱冷冷的說：「那也太扯了吧，你的意思是，兇手同時催眠了整個警署的人？」

海因澈苦笑：「我對催眠沒什麼研究，這是我唯一可以想到的。」

阿凱又提出質疑：「好啦，那我問你，對方為什麼要送鄭持身那張畫？難道這又是催眠？」

海因澈看了盧如運一眼，才答：「那不是催眠，那是『無形的』的東西。」

「無……你是說法術？」阿凱嗤之以鼻，「要搞一場瓦斯氣爆殺人，沒那麼難吧，怎麼會扯到這個哩？嘖。」

盧如運趕緊來打圓場，跟阿凱說：「你先去外頭抽支菸吧，讓我跟他談。」

阿凱搖了搖頭，不以為然的出門了。

盧如運這才賠笑說：「抱歉，我這同事很鐵齒，他不信這些的，抱歉。」

「他可以不相信鬼魂，怎麼連催眠這種東西也不信呢。」

「照你剛剛講的，那個畫鬼師（傅樂奇）就是兇手了？我要到哪抓他呀？」

海因澈搖頭說：「他應該只是幫兇，兇手另有其人。」從抽屜裡找出一張名片，遞給盧如運，「這是很多年前拿到的，不敢保證他還住這。」

治療各種內外疾病　達成各類好壞願望

畫鬼師

傅樂奇

地址：台北縣××××××××××

盧如運看了苦笑：「這種名片他都印得出來？嘿。」翻看背面，「沒有電話？」

「你先託台北的同事幫忙找找，其實……就算抓到他，這種怪力亂神的東西，也找不到證據。」

盧如運兩手一攤：「那我該怎麼辦才好？」

「同樣的辦法再試一遍，去找第一位死者張大文法官的家人。」

「唉，我試過，他們不會同意讓你去『聽』鬼的。」

「不必他們同意，」海因澈賊賊的笑笑：「只要你能拿到張大文的私人寶貝，我們再去找阿卿召一次魂，或許就能問出新的線索。」

「嘎？還要再一次？」這個膽小鬼怕了。

「你忘了上回是怎麼找到鄭持身的？靠的就是這方法呀。」

盧如運一愣，想想也對，於是咬緊牙關，答應了下來。

刑大鑑識科的停屍間……

召魂的儀式同樣沒有桌案、沒有素果、沒有焚香，也沒有道士。有的，只是熄燈後的黑暗，以及阿卿手裡的那只銅鈴的叮噹聲。海因澈與盧如運也像上次，陪在一旁。

張大文的屍櫃門上也繫了一張符紙。

阿卿保持站姿，輕晃銅鈴，叮叮噹噹聲響，口裡唸唸有詞……一個鐘頭後，她說：「可以了。」

盧如運於是開燈。

阿卿收下銅鈴，問：「東西呢？」

「喲。」盧如運交出了一枚手掌大的鎮尺：「張法官他有收集古董的嗜好，這只仿製的明朝鎮尺是他的第一件收藏品，雖然不值錢，卻是他最鍾愛的寶貝，我費了好大的唇舌，才從他家人那裡拿到。」

當然，盧如運是費了好大的唇舌說謊，不敢說實話。

阿卿收下鎮尺後順便吩咐：「記住，跟上次一樣，符紙絕對不能撕下，撕下就不管用囉。」

盧如運答應：「我會注意的。」

當晚十一點多，海因澈、盧如運先後抵達天照宮。也跟上回一樣。

依照慣例，畫鬼師海因澈只能搬張椅子坐在側門門口，由盧如運在偏廳上泡茶給大家喝，阿卿抽她的菸，三個人輕鬆聊天。這回，張大文的鎮尺就捏在她的手裡。

然後，十二點過了。

附近的狗吠聲愈來愈多，也愈來愈響。好幾條野狗慢慢聚集在廟的對面……海因澈二人曉得亡魂已到。

隨即阿卿垂下了頭，靜止不動，手裡還捏著那只鎮尺。

盧如運低聲問：「你該不會又說要去趕狗啦？」

海因澈沒有回答，起身走開。

盧如運只能苦笑。

是啊，那些狗實在太吵了。

盧如運這回膽子大了一點，走過去看看阿卿的情況，垂下頭的阿卿被頭髮蓋住半張臉，嘴巴不動，可是卻聽得到「聲音」，呢喃低語聲。他鼓起勇氣，把阿卿轉了過去，檢查阿卿的後腦勺……無奈阿卿的後腦勺根本沒有變化，正常的很，弄得盧如運手足無措。

海因澈這時剛好走了回來，說：「把她轉回來。」

盧如運皺眉問：「鬼上身了嗎？」

「上身啦。」海因澈指著阿卿身旁的一面鏡子（大小約100cm×70cm）說：「在那裡！」

盧如運循向去看，鏡子裡，他是站在一具蒼白的嚇人的赤裸男屍背後，嚇得盧如運「塞你娘」、「雞巴」的嚷嚷，退開兩步。

海因澈嘆氣：「欸，第二次了還這麼怕，亡魂已經來啦，你不快點發問，等會兒它一走就不好辦了。」

「要、要怎麼問？對著鏡子還是對著他？」

他不問，對方就先問了，鏡子裡的男屍轉頭朝著鏡子外「說」：「你們是誰？這裡是哪裡？」聲音感覺來自很遠的地方，倒是還算清楚，應該是張大文吧。

盧如運顫抖回答：「這、這裡是一間廟，我是警察，想問你一些問題，幫你抓出殺害你的兇手。」

鏡中影像看著手裡的那尺鎮尺，輕輕撫摸，十分的欣慰：「謝謝你們……」

「張大文，」海因澈一旁打岔：「你看見了殺害你的人嗎？」

鏡中影像悠悠的說：「我不認識那個人，那是一個……中年人，長得……」

海因澈趕緊拿出事先準備的紙筆去畫，畫到一半他就不畫了，因為根據描述畫出來的，還是上次那個嫌疑犯。

盧如運接著問：「兇手有沒有說什麼？」

鏡中影像回答：「他說……我的判決粗糙、錯誤，害死了人……他要我血債血償……」

「他沒說別的？」

「他要我自己想……受害者是誰，我犯了什麼錯，他要我自己想，想不出來就得死……」

「那，現在你想到了嗎？」

「我想了……想了……想了很久……只想到有幾個案子，我可能判錯了，害死人……」

海因澈趕緊打岔：「那你能不能告訴我們那些案子的事主？給我一些姓名！」

鏡中影像把頭一偏，努力的回想，然後，報出了幾個姓名。海因澈跟盧如運忙著抄下。

「對了，他還說、還說……」鏡中影像尋思：「下一個受害者是姚ㄐㄧㄚ……ㄖㄣ、……」

「嘎？」盧如運一愣。

第二名受害者是李子敬呀，這個姚什麼的又是誰？

呼──便在這時候，鏡中的影像一變，變回了阿卿。

鏡子外的阿卿也把頭抬了起來。

沒多久，阿卿醒了回神，好像剛剛睡了一場覺。她看看手裡的鎮尺，放下它，然後伸個懶腰、打個哈欠，說：「是在鏡子裡？問了該問的嗎？」

盧如運點了點頭：「可惜呀，還想再多問一些。」

海因澈指著手裡的畫：「兇手確實是同一個人。」

阿卿順了順自己的頭髮，說：「嗯，你們可以回去了，拜。」

盧如運說：「明天還可以再來一次嗎？」

「好啦。」阿卿頭也不回地往裡面走，說不上來是不高興、不耐煩，還是不在乎。

隔天午夜，同樣的地方，原班人馬，把這場靈異辦案的遊戲再玩一次。就像以往阿卿說的，一次會比一次難，這次亡魂上身的時間拖到半夜四點，一如上回，亡魂上身的時間也很短，讓海因澈與盧如運把上回的收穫再做確認、補強而已。

盧如運經常一下班就往海因澈這裡跑，簡直把海因澈當成辦案夥伴了。兩人針對那份亡魂提供的名單研究好幾天……「呼～～」盧如運往沙發上一靠，喘了口氣：「這也不是，那也不是，該怎麼辦啊？」

名單上一共有五個人，都是因為張大文的關係，被判死刑或重刑，而判重刑的兩個不是在獄中自殺，就是病死獄中，簡單的講，都算是被他「害」死的。問題是，這五個人全都跟李子敬、鄭持身扯不上半點關係，怎麼查都查不出道理，連邊都摸不上。

海因澈苦笑：「會不會……被判刑的人並非死在獄中，而是出獄後才死的？」

盧如運癱在沙發上：「那豈不是一大票了？連張大文自己都想不出，我們怎麼猜？大海撈針呀。」

海因澈沉吟：「昨天我又看了一遍那部電影，在網路上看的。」

「哪部？喔，那部喲。」

他說的是「九死」。

「或許，兇手根本沒把事情搞得那麼難，是我們自己把它想得太難。」

「什麼意思？」

「他不是都把自己署名叫『九死』了嗎？根據那部片子演的，兇手是個父親，他的兒子遭到誤判，入監服刑，又在獄中遭人雞姦，得到愛滋病而死。而他兒子被誤判的是搶劫罪。」

「你是要我去查張大文判刑定讞的搶劫犯？」

「試一試囉。」

盧如運拿起手機撥號……「喂，阿美呀，今天妳晚班呀？呵呵。對了，幫我查個東西，把張大文判刑定讞的搶劫犯的詳細資料，寄到我的電腦信箱裡……好，謝謝囉。」

05 追兇

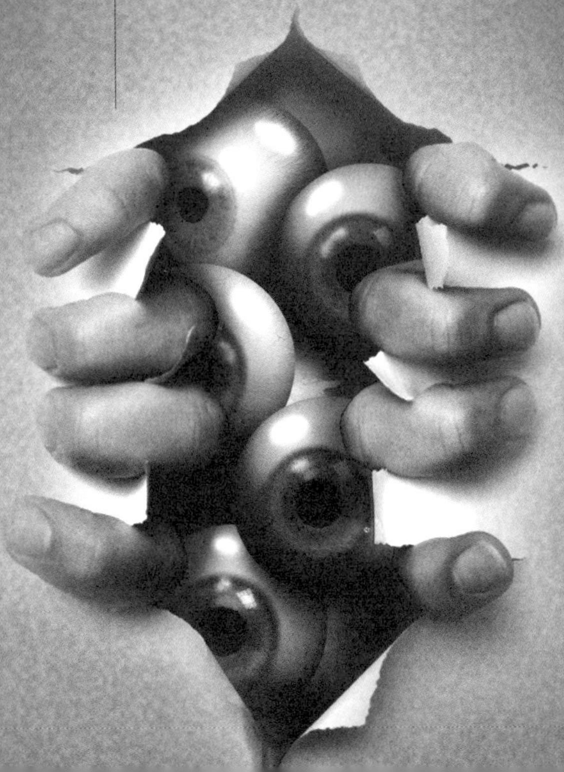

海因澈與盧如運擠在電腦螢幕前方，聚精會神，阿美寄來的資料不但豐富，而且還按序列表，一清二楚。

「又找到了，這一個，」盧如運指著其中一列：「完全符合你開的條件。」

海因澈比對了一下相關資料：「嗯，的確，只要再清查他出獄後的主治醫師是誰就行了。」

兩個人分工合作，將可疑的人物另外整理出一個檔……

接下來，海因澈去洗澡，留下盧如運一個個的打電話或上網查詢。浴室裡的海因澈並不曉得，我卻知道，盧如運篩選出了唯一的一個人名，高興得狂呼大叫，都快把天花板喊破了。

洗完澡的海因澈走出浴室問：「怎麼？中頭彩啦。」

盧如運握著手裡的一張紙，笑說：「是啊，中頭彩啦，我找到了一個，而且只有一個喲，同時跟張大文、李子敬與鄭持身都有關係的嫌疑人，就在剛剛我們弄的那份檔案裡。你瞧——」

紙上列印出來的是：廖學文，男，二十五歲，搶劫罪，四年前判刑入獄，一年前出獄，出獄後概況：×大精神療養院住院，（三個月前）出院返家。

海因澈說：「讓我猜猜，他的主治醫師是李子敬，害他被關的關鍵證人，就是鄭持身。」

「答對啦！哈哈！」盧如運繼續上縱下跳，雀躍得像個孩子：「這傢伙是個瘋子，鐵定是他幹的，而且……」他突然停下所有動作，衝著海因澈神秘兮兮的鬼笑：「你再猜猜，這個瘋子同房的牢友有誰？」

海因澈一愣，聰明如他，當然立刻想到：「那個姚，ㄐㄧㄚ，ㄖㄣˋ？」

盧如運把紙翻過去，紙張背面，是剛才他查抄下來的三個字：姚嘉任。「算你聰明！」

海因澈深吸了一口氣：「那麼，就是他了。他就是兇手。」

盧如運跟著點頭、跟著笑。

好傢伙。這個夜晚的努力並沒有白費。

隔天一早，專案小組接到盧如運的報告後，只差沒放鞭炮，上下歡騰。大隊長更高興得合不攏嘴。大家都在問：「消息是從哪邊得到的？」盧如運只能呼攏出一個曲折得要死的過程，連夥伴阿凱都插不上話。不然哩？難道要說是從畫鬼師那邊得到的幫助？

小組立刻追查！把廖學文的通訊地址、戶籍、全家大小、祖宗八代查了個破底，隨即編組出動，兵分多路，要將這名本世紀第一件連續殺人案的疑兇給抓到手。

盧如運被分到第一組，他跟阿凱領著一票人，包括霹靂小組喲，直接開到廖學文最有可能的住所──台南南區一處社區大樓，廖家。

我跟著盧如運一起。

「七樓之A。」行動前，盧如運還不斷提醒組員：「準備好了？好，上！」

媽的，不過是抓個神經病，又不是槍擊要犯，十幾個荷槍實彈加防彈背心的刑警如臨大敵般往內衝……阿結果還不是乖乖的坐電梯上去。

這個門號的七樓一共就兩間對門的公寓，非A即B，警方也真夠狠的，怕出錯，兩間都抄。那戶住B的人家真是倒楣透了。盧如運為了搶得首功，抄的自然是A這一戶了。

組員回報：「盧sir，按了門鈴沒回應。」

盧如運點頭，使了眼色。

一名刑警立刻上前，取出萬能鎖打開鐵門……至於鐵門裡的木門，那就用撞的囉——

碰！

「警察！！」七、八個刑警一股腦兒衝進去。

裡頭並沒有人，有的只是惡臭，嚴格的講，是屍臭。

盧如運看了四周一眼，伸手指了一指，組員們立刻分頭搜屋……兩秒鐘後，傳來一聲「在這」。

陰暗的浴室裡，擠滿四名刑警，燈光一亮，赫然發現浴缸裡躺著一具無頭的屍體，泡在（可能是防腐劑）藥水中。屍體顯然是個男性，乾乾瘦瘦，沒有別的外傷或特徵，四肢健全。陳屍的浴室也很普通。

盧如運錯愕的問：「其他房間呢？」

阿凱回報說：「都沒有人，家具跟衣服大部分還在，可是灰塵都很厚，人大概早就跑啦。」

「盧sir！」一名刑警遞過來一塊紙板，就在屍體附近的鏡台上，紙板寫的有字。

如果你們看到這塊紙板，大概就是搶先在我公布答案前找到這了，我叫你們想出真相，你們一直想的卻是如何抓我，何必呢？反正我最後會自首的呀。好，我就看你們如何保護最後那幾個傢伙了。

另外，這具屍體是我的兒子。

盧如運好不洩氣，下令說：「叫鑑識科來驗屍。」

刑大辦公室內，氣氛一片冷沉，早上的興奮之情，已不復見，倒是變得忙碌多了。

盧如運趴在桌面上補眠。

阿凱拍拍盧的肩膀，低聲說：「我們去陽台抽個菸吧，大隊長要進來了，他看見你在補眠，一定不高興。」

盧如運苦笑：「我昨晚只睡兩個小時耶。」

阿凱也苦笑了：「你認為上頭那些豬會在乎你的死活嗎？走吧，免得挨槍。」

陽台上，兩人都不說話，一邊抽菸，一邊望著外頭發呆。

突然一通給盧如運的手機打到……「盧sir，你在哪？」

「怎樣？」

「我以為你在辦公室ㄋ，對了，廖學文的家人我們都查了，他沒有兄弟姊妹，小時候媽媽就死了，只剩一個爸爸，親戚多半在北部。他爸叫做廖中俊，六十歲，是個中學教師，好幾年前就退休了。」

「好幾年前他才五十幾，怎就退休？」

「幹老師的都有終身俸可領，五十幾歲退休，不做事就能領同樣的薪水，大家嘛搶著退休。」

「查到可能藏匿的地方嗎？」

「是有幾個點啦，已經派人去『堵』了，可是……」

「嗯？」

「機會不大。根據我的打聽，這傢伙個性很孤僻，在學校、社區裡都沒什麼朋友。」

「他北部的親戚呢？他的老家呢？」

「他老家就在台南，北部的親戚，我們已經拜託台北市刑大去盯哨囉。」

「那個姚嘉任呢？找到他也許就找著姓廖的。」

「喲，你說那傢伙，還在查啦，目前查到的消息是，他無業，居無定所。」

「媽的，我看也是條死路。」盧如運懶洋洋的說：「好啦，有什麼消息再說，等會兒我就下去。」

阿凱問：「誰？小張？」

盧如運掛了手機，點了點頭，轉述了剛才對話的內容……

阿凱安慰：「起碼知道兇手是那個廖中俊了，開心一點啦。」

盧如運嘆氣說：「對方如果是個瘋子，也就算了，如果是個像海因澈那樣懂神通的人，這回讓他溜掉，下回可難抓囉。」

阿凱不以為然：「反正等他殺完了五個人，也會自首的不是？」

盧如運給了阿凱一記白眼。

是啊，說這種話，連我都覺得沒良心。

老昌也這麼認為：「這票警察，就跟消防員一樣。」

「什麼意思？」我問。

「救火的時候不用腦筋，是很拼啦，但沒技術，往往空等大火燒光了一切，自動熄滅了，才對記者說：『火勢被我們撲滅囉。』靠！是燒光了自己熄的，什麼被你們撲滅……嘖。」

我笑。

蘇ㄟ突然問我：「我們是有冤屈才留在警察局飄蕩的，你呢？你也有什麼冤屈嗎？」

「我？沒有，但我喜歡四處飄蕩，蒐集鬼故事。」

它們兩個都笑。

是啊，跟鬼講鬼故事？哈。

只有半顆頭的老昌挑釁的說：「講一個來聽聽。」

我想了一想，講了盧如運他老爸的那則悽美愛情鬼故事……

老昌聽完作嘔：「鬼故事就該恐怖，搞得悽美或溫馨的，都是放屁。」

「那不然你也講一個來聽聽。」

老昌滿臉（應該說半臉）得意，頓了一頓後，說：「那我就講一個吧。」

五十年前，台北發生了一件滅門慘案。那是戒嚴的時代，各大報章立刻搶登頭條。被害者是一戶有錢人，包括男主人兩兄弟、他們的妻子、三個男孩、一個女孩以及襁褓中的嬰兒，總共九條人命。

按照報上說的，案發現場，從大門走進去，沒有人會記得房子的格局與擺設，因為地下、牆上怵目驚心的血漬，便鎖住了你的目光。從兩兄弟陳屍的狀況推斷，警方認為兩人遭到攻擊後，沒有立即死亡，還想爬出戶外求救，可惜一個身中八刀，另一個身中十三刀，都在距客廳門口不遠處，就失血過多斷了氣。

總之，最令人髮指的是，兇手竟連襁褓中的嬰兒也不放過。

昌丫便在這種氛圍下遭到警方逮捕。

昌丫是幫派分子，年過四十，這個大流氓的前科外加涉嫌的案子，少說有一、二十件，案發當天人又在附近（這一點他自己也承認），警方抓他並非沒有道理。

而他的死刑，早在被捕時就已定讞。

沒有人在乎一個流氓的死活，大眾在乎的是「法網恢恢」有沒有「疏而不漏」，有，那就行啦。社會大眾都對警方的辦案效率報以喝采。

昌丫也理所當然被判死刑。

行刑前夕，昌丫跟他同房的另一名死囚徹夜長談，長談的內容，就是他犯下這件大案子的經過，當時，值班的監獄管理員也在門外靜靜傾聽。

（以下，我模仿昌丫的口吻描述……）

「……大概晚間十點左右，我和幾個朋友約在一個麵攤子喝酒。然後哩，『芳名館』（幫派）的人也來了，坐在咱的隔壁桌。伊那桌講話愈講愈大聲，我朋友叫伊小聲一點，伊就不爽啦，過來理論，咱跟伊就打起來囉。

唉，這都是命，人在江湖嘛。

我去攤子上面拿一把菜刀，回頭將對方的人殺倒兩個，見血之後，大家都酒醒了，『芳名館』的人愈來愈多，咱幾個只好溜了。我跑呀跑，手裡還拿著那把菜刀，跑得累了，蹲在路邊人家的牆下喘氣，卻又聽到後面有人追來的喊聲，沒法度，只好翻過牆頭，溜入人家的厝裡。

那間屋子正是後來出事的那戶人家。

所以我講這都是命，這麼多間屋子，為什麼我剛好溜入那一間？那晚註定是要出事情。

外頭追來的人很多，我一聽，都是『芳名館』的人，幹！聽伊的口氣，好像就是要找我，說什麼他們的人剛才給我殺成重傷啦。

我只好繼續躲著，手裡菜刀握得很緊，轉身看看這間屋子是什麼模樣，慢慢走過厝內的前院，來到厝邊，然後找到一個沒鎖的窗子，偷偷鑽入。只隔一面牆，我很怕外面的追兵探頭進來。

這間厝的前頭是客廳，然後是一條通，直接通往後門，通道旁隔有四個房間，第四個房間的後面是浴室、廁所、廚房加飯廳，後門外頭還有一個後院。後門跟飯廳之間有一個小空間，放了一堆不要的家具。我，就藏在那。

起先，我靠在窗邊向外望，要等『芳名館』的人走了再講。窗外的月亮很亮，我才看清楚自己穿的白衫，已經給血染紅了一半，手裡的菜刀還黏了一塊肉，真嚇人，也不知是攤子上的豬肉或人肉。

屋外的人聲慢慢靜下，屋內的掛鐘鐺擺聲卻突然響起，已經是半夜十二點囉，噹來噹去的，害我吃了一驚。

接下去四周又靜得要命。

既然這樣，我打算離開了，後院這時傳來一陣怪叫，不知那是什麼東西在叫，好像狗又好像人，我趕緊縮進身邊一座衣櫥裡面藏好。那衣櫥的門鎖壞了，我的手捏住門。

接著，屋裡的人都醒囉，連嬰兒都在哭。

我聽到屋內有女人用國語在問：『是不是你爸爸又在鬧啦？嘖！』『真是的，老二！老二！起來啦，去看看啦。』

沒多久，有兩個男人的腳步聲接近。

我從衣櫥內偷看出去，一些房間的燈亮了，也不知是幹什麼，我心裡講：『你娘哩，你爸（老子）若給你們堵到，就算你們衰（倒楣）。』接著看到那兩個男人開了後門，往後院去，邊走邊啐，手裡都拿著傢伙。可惜我沒法看到後院的情形，不知道出了什麼事，過沒多久，後院就傳來乒乒乓乓的聲音，好像在打架，也不知伊是哪一省人，講的一些話我也聽不懂。隨即傳來了一聲慘叫，然後，是第二聲。

厝內的女人早就醒了，窸窸窣窣，走到了我看得見的位置，雖然我看不清伊的臉，也能感到伊在顫抖。三不五時還叫著伊丈夫的名字。我那時候也不知道怎麼辦才好，幹！真衰，莫名其妙給捲了進來。

包括我在內，加上那兩個女人，咱三個好像在等判決一樣，等後院的那場打鬥結束，看是誰贏誰輸。

等呀等的，突然，碰的一響，後院的聲音都沒啦，差不多靜了幾秒鐘，兩個男人從後院衝了回來，渾身血淋淋的，不知中了幾十刀，嘴裡直喊：『走！快走！』

這時不知誰人將燈光熄滅，屋內又暗下了。女人們開始尖叫。

一個穿的破破爛爛的不知什麼東西，從後院走了進來。

仔細一看，昏暗中，看見一個矮小的、駝背的老頭，整個身軀都長滿白毛，皮膚很皺，嘴裡一直咕咕叫，好像鴿子，它的手裡還拿著一支彎彎的鐮刀。它的頭在那轉來轉去，一雙亮亮的眼睛四處搜尋。

接下來的角度就看不到囉。我躲著嘛。

不久，屋子那頭，傳來女人跟嬰兒哭叫、啼哭、碰撞、廝殺的聲音……

別看我這模樣，那當時，我也嚇得皮皮挫，不知是要跑呢，還是繼續躲下去。厝裡漸漸沒聲音了，四周又靜得什麼似的，只剩外頭的狗在吠。我慢慢推開衣櫥的門，想要開溜。

鐘這時候又響了，一聲，也不知是十二點半，或是一點鐘。

我前腳才剛伸出去時，那個怪東西又走了回頭，嚇得我將腳給縮回來。

在門縫裡，這次，我看清了它的臉。

它就像一般的老頭，但整張臉完全沒有血色，好像屍體，也看不出是公的還是母的，嘴裡不停咕咕叫，最恐怖的，是那雙眼睛，瞳孔很小很小，在那轉呀轉，嘴裡還一直流口水，加上整個身軀血淋淋的（受害者的血），在那滴呀滴，非常恐怖。

更恐怖的是，我還看清楚它手裡的那支彎刀，其實是它的爪！

嗯，就像雞爪那樣，只不過大很多，上頭全是血。

它的鼻子在那嗅呀嗅的，頭也在那轉來轉去，像是知道還有人躲著。

我將衣櫃的門偷偷拉了回來，那是木頭做的，這一拉，『吱』的一聲，幹！那隻怪物可能聽到了，倏地轉頭看向我這邊，一步一步走過來。

我握刀的手開始發顫，之前在麵攤殺人的勇氣，一輩子在黑道走跳的膽量，眨眼全沒了。

它離衣櫥愈來愈近，差不多剩兩尺，我猶豫該不該衝出去，也不知它看到我了沒？更不敢將衣櫥的門再關緊，怕又發出聲響，只好跟它面對面，發現它在……冷笑。

這可能是我這一生看過最恐怖的笑了。

我心裡在想，是要將門突然打開，撞給它倒，再逃出去，還是跟它耗著？正躊躇時，它卻自己咕咕叫的走到角落，面對牆腳蹲下。

我趕緊走出衣櫥，準備開溜。

不過那個地方很窄，若要走出去，不管是從前門或後門，都要經過它身邊，很怕它會突然轉身，對我怎麼樣。

它一直在做自己的事。我呢，躡腳躡手，偷偷閃人，眼角瞄到它在吐。它嘴開得非常、非常大，整個下頦都落到地面了，整張臉也變形啦，嘴裡一團黑黝黝的不知什麼東西在蠕動。

這時它的其中一顆眼珠轉向我這邊，嚇得我轉身就跑，跑到客廳時還給東西絆倒，原來是那兩個男人，其中一個，肚子還在起起伏伏，沒有斷氣。

真慘。

他倆其中一個左半邊的身體被剖開，另外一個，就是還沒死的那個，右手只剩一層皮黏在手骨上，血噴得像什麼似的，到處都是，俺娘喂。

客廳的大門我是怎麼推也推不開，說實在ㄟ，我是殺過人啦，但從來不曾做過賊，不懂為什麼伊家的門還從門內加裝一道怪鎖，而且這麼堅固。

我怕它會從我身後追來，趕緊轉身，菜刀拿穩，心想應該要從我鑽進來的那道窗戶逃出去才對，那道窗正好是在客廳的最裡面，所以我走了回頭。同時我一直在注意，怕它站起來、衝向我。但它根本不動了，躺下了，就那張嘴仍是開得大大的。一開始我以為它死了，偷偷觀察一陣子，看清楚它已經變成一個空皮囊，可能是它肚子裡的東西吐光了才這樣。

刷！一道黑影閃過了後門，乒的聲響，好像從後院跑了。

我也不敢再逗留，趕緊從那道窗子鑽出，本來想要往前門爬牆逃走，但又怕芳名館的人還在那，於是改走後院、後門。

誰知後院的牆比前院的更高，看起來好似監獄，我找來東西墊腳，啊不然沒法爬過。後院的一個角落，有一個洞，洞邊全是鐵鍊，垂到洞裡。我走過去看，洞裡深不見光，丟一粒石子下去，隔很久才聽得到落地聲，可見有多深。便在這時候，有一隻手搭上我的肩，嚇得我想都不想，回頭就是一刀——

一隻人手落在我的面前。

對方應該就是從那隻怪物的嘴裡跑出來的東西，它像是人的模樣，是一個少年郎，少年抱著那具空皮囊，以及被我砍斷的手，轉身跑開，消失在夜色裡。」

告白就在監獄管理員闔上監視窗孔時結束。

故事的結局不必多說了，警方循線在南部逮捕到昌Ｙ，證據確鑿，加上昌Ｙ那前科累累的底，毋需多問，誰都當他是兇手。儘管最初他還抵死不認。他是那種「該我的，我一定扛；不該我的，死也不招」的個性，話又說了回來，他並未說出案發當晚所目擊的一切，大概是認為，說了也沒有人相信。就這樣，一場場的嚴刑拷打，持續了好幾天。等他從警方的口裡得知，事發當晚，他其中一個朋友死在芳名館人的刀下，而被他砍殺的那兩人也死了一個，這才終於認罪。

據他私下透露，因為那兩條人命是該記在他頭上的，無論如何，他都會判處死刑，所以警方把那一家人的九條性命強加進來，對他而言已不重要了。

我問：「昌ㄚ被行刑槍斃時，是不是一槍打在頭部，半顆腦袋才不見的？」

老昌點了點頭。

我瞭了，昌ㄚ就是老昌，老昌就是昌ㄚ。它說的是自己的故事。

蘇ㄟ一旁也問：「那個害你被槍斃的到底是什麼東西？」

老昌聳聳肩：「總之不會是鬼。這麼多年過去，我也想不通。」悠悠說：「也許有一天，我能在警方這裡聽到類似的命案，那我就知道該怎麼做啦。我都死了，我要的不是公道，而是真相。」

真相？

真相往往比公道還難得到。

06 超級催眠術

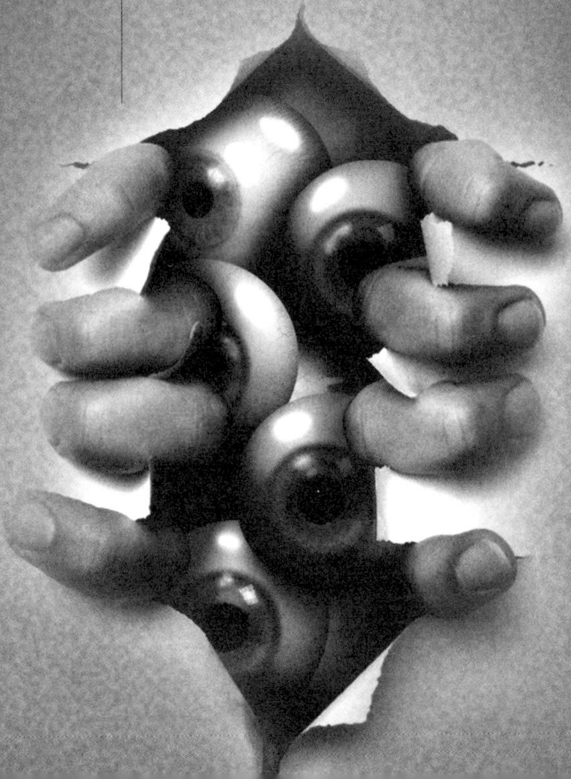

各大媒體紛紛聚焦在「拼屍復仇者」這件連續殺人案上，真多虧他們想得出這個名詞，拼屍，從報章雜誌、新聞報導，一直到談話性節目與國會殿堂，所有人都在談，要不就是分析台灣的社會狀況、兇手的個人企圖，要不就是抨擊警方的無能落伍、辦案小組的錯失良機。

廖中俊更成為有史以來最老、最斯文的頭號通緝犯。

相反的，張大文、李子敬與鄭持身三位，則被各方面的人含沙射影成貪污的法官、愛錢的醫生與狼狽為奸的偽善議員。

總之，這件世紀大案已經變為全民的八點檔大戲。

而能增添這場大戲色彩的，無疑就是姚嘉任的被發現。

當警方將他從遊民收容所帶到台南市刑大時，上百名腦殘的記者活像看到飼料的大肚魚，蜂擁而上：「姚嘉任，你跟兇嫌是什麼關係？」「他兒子是被你害死的嗎？」「兇手是個什麼樣的人哩？」「這幾年你都在哪裡？有人說你變成遊民是惡有惡報。」霹靂啪啦問了堆廢話。

好在沒問台灣記者最出名的白癡問題：「你現在是什麼感覺？」

感你媽啦，幹！

這個姚嘉任年約四十，看起來卻像五十，髒亂的灰髮、癡肥的臉，有著粗糙的五官與胖大的身材，走起路來還有點跛，聽說是得了糖尿病，併發腳指頭發炎。他穿上警方給的新衣服：藍色格子襯衫加牛仔褲，戴上了安全帽。

負責姚嘉任安全的，這回，落到了盧如運身上。盧如運趕忙抗議：「隊長！我現在忙著辦案，怎麼保護他呀？」

大隊長移動他那坨圓圓的鮪魚肚說：「交給別人保護，我不放心，何況你可以調動人手、安排人手來幫你呀。辦案？保護他就是辦案嘛，你也曉得，兇手一定會來殺他，那就是逮捕兇手的最好時刻。」

是啊，問題在於，盧如運根本沒信心保護好姚嘉任，他的對手用的是法術，而他用的只是警槍。

盧如運於是找上了海因澈。

海因澈苦笑，一邊忙著替患者推拿，一邊說：「我不是幹保鑣的料。」

「沒叫你幹保鑣，」盧如運解釋：「你陪在我們身邊，萬一遇到對方使什麼催眠術或法術的，就能幫我們擋住啦。」

「你當我是門神？還擋住哩。來，翻過來。」後面那句話，是海因澈對患者說的。

盧如運做出雙掌合十的拜託姿勢，表情也跟「史瑞克」那部動畫裡的貓一樣。

海因澈嘆了口氣：「那我的患者怎麼辦？我的工作呢？」

推拿床上，那名患者也說：「是啊，我們怎麼辦？」

盧如運笑笑：「那還不簡單，我們就把姚嘉任藏在你這，你就不必到處跑啦。」

海因澈聽得張口結舌。

盧如運隨後補上一句：「你這裡有客房吧？」

客房？有的。房客？就是姚嘉任。安全？沒問題。海因澈所住的這棟公寓，什麼沒有，空屋超多，左鄰右舍外加樓上樓下，這會兒全住了刑警或便衣保鑣。加上路口巷尾，也佈滿了眼線。至於滿意度？就要看是誰了，盧如運是很滿意的，海因澈呢？他很不爽。

隔天中午……

海因澈送第二名患者出門後，轉問盧如運：「那傢伙呢？」

賴在沙發上看電視的盧如運懶洋洋的答：「在客房裡打電動。」

「你要讓他住我這裡多久？」

盧如運沒回答了。

海因澈追問：「不會是天長地久吧？」

盧如運笑。他站起來伸個懶腰，嘆了口氣，然後說：「如果我把消息放出去，讓兇手主動來找我們，這件事情或許可以解決得快些。」

海因澈明白了：「那就不必啦，放出消息只會招引記者，沒有多大用處，我可不想變成鎂光燈的焦點，你的上司也不會認同吧。」沉吟：「還記得上回我給你的那張傅樂奇的名片？」

盧如運一愣：「我找一下……」他從皮夾裡摸了出來，「在這。」

「你叫台北的同事去這個地址留張紙條，就寫說，『第四個人在海因澈的家裡』。」

盧如運問：「這樣就有效？」

海因澈兩手一攤：「試一試囉。」笑：「就怕對手找上門時，你沒辦法應付。」

盧如運扁了扁嘴巴，又問：「你說的那個懂催眠的幫手呢？什麼時候到？」

海因澈看了看錶：「就快了吧。」

那個幫手正是李勿熙。

（以下情節，我是看得一清二楚，賣個關子，方便你們享受劇情。）

當盧如運這票刑警看到一個染髮、時髦、性感的健美型辣妹走進來時，無不雙眼直盯、口水直流、豬哥鼻咻咻響。

這回，小熙穿著一件紅色小洋裝——超短的那種，裡頭則加了豹紋內搭褲，高跟鞋也高得要死，香水更是醉人的醺，噔噔噔一路走來，也帶了滿滿的春風與桃花。

「嗨！」小熙一進門就笑。

海因澈替她與盧如運引薦……

盧如運湊近海因澈耳畔悄聲說：「這麼辣的辣妹，是畫鬼師？」

「所以囉，」海因澈糗他：「別亂來，不然你會倒楣的。」

亂來的卻是小熙：「你（盧）就是那個破不了案的警察？要加油喲。」

盧如運苦笑：「破不破得了案還不知道哩，別酸我酸得這麼早。」

小熙問：「你們的計畫哩？打算一路等下去？」

海因澈也被搞得尷尬了，只好把他剛剛的計畫說出口……

小熙聽完，立刻拿出手機撥號：「不必那麼麻煩。」

海因澈問：「妳打給誰？」

「傅樂奇。」小熙隨即衝著話筒那頭說話：「喂，是我啦，小熙……報給你一個消息……電視新聞在講的那個拼屍復仇者你知道吧……嘎，真的假的？好，不管了，我告訴你喲，警方把對方想殺的那第四個人，藏在海因澈這裡……改天再跟你講原因，總之，海因澈要我把消息帶給你，我帶到了，拜。」

海因澈靜默了好一會兒才說：「沒想到他竟然把電話給妳，沒想到……」

小熙一副得意的調皮樣。

盧如運一旁忙問：「小丫頭，那傢伙的手機號碼，能不能借我抄一下？」紙跟筆都拿出來了。

小熙卻走到沙發邊，小屁股「咚」的坐下，將一雙修長的美腿又是直接交疊在矮桌上：「不行！他說他只給我。」她的耳朵戴了一副大耳環，不時發出叮噹聲響，清脆悅耳。

海因澈攔住盧如運說：「你要人家幫忙，就不要為難人家。」盧如運只好作罷。

海因澈走近小熙問：「他剛聽了妳這樣講，怎麼回應？」

小熙噘著嘴說：「好渴。」

「我來。」盧如運大獻殷勤，搶著到冰箱拎飲料，還幫忙開瓶，插上吸管呢。這個色鬼。

小熙邊喝邊說：「他說他沒注意什麼復仇者的新聞，也不明白你為什麼會扯進來，更不懂為什麼要告訴他消息。」

海因澈沉吟：「難道他跟兇手真的沒有關係……」

盧如運冷哼：「他說沒關係就沒關係呀，誰理他。」

海因澈苦笑：「你不明白，這個人相當自負，如果有關係，他不會撒謊的。」

盧如運走到小熙身旁坐下：「反正該做的我們都做了，接下來，就只有等囉。」

看來，這個黑大個是想追求小熙了，也好，黑吃黑，哈！

傍晚時分，海因澈住處的廚房傳來了飯菜香：小熙親自下廚，大展手藝。

海因澈與一票刑警則坐在客廳沙發上看電視、嗑瓜子。刑警們的話題全圍繞著小熙打轉……「她有男朋友了嗎？」「幾歲呀？」「身高多少？有沒有一六八？」「三圍呢？」「她家住哪？」「念哪間學校畢業的？喜不喜歡軍警？」搞得海因澈好像是媒婆（或說是淫媒），不堪其擾。

前來輪班的阿凱也來湊熱鬧，但他比較敬業，一進門就先問：「那傢伙呢？」

盧如運指著說：「應該在客房裡打電動吧。」

阿凱大喊：「姚嘉任！出門讓我看一下！」

隔了大約三分鐘，房門開了，姚嘉任那張衰臉露了出來：「開飯啦？」

大家都笑。

盧如運扔了幾片瓜子殼過去：「人家還在煮啦，開飯，等一下你要給我負責洗碗。」

姚嘉任盯著廚房那頭正在忙的小熙直瞧。

小熙忙來忙去，耳環叮叮噹噹的響，不時引人注目。

盧如運又叫嚷了：「看什麼看？！口水都快滴落地啦。」

姚嘉任把頭一偏說：「幹刑警還要自己做飯喲，買便當不就好了。」碎唸了幾句，縮回房裡。

大約晚間六點半，餐桌上已經擺滿了菜，五菜一湯。紅燒魚、咖哩雞、青椒炒肉絲、肉燥滷豆腐外加一盤炒青菜，還有一碗公的豬血蛋花湯。大夥像看到了沙漠上的綠洲般雙眼發亮，圍了過來。

阿凱衝著盧如運說：「阿我都來了，你還不走？還要撈這一頓呀。」

盧如運則衝著小熙說：「人家花了這麼多心血做的，我怎能不捧場哩？對吧，小熙。」

小熙美美的笑說：「好啦，飯要自己盛喲，開動！」

幾名刑警開始拿碗盛飯，分椅分筷……

阿凱走往姚嘉任的房間吆喝：「開飯啦——」

「我來。」小熙搶在他跟前說：「他的份我另外裝好了，我端給他。」

阿凱看小熙準備了一個盤子，盤子裡打好了飯菜，於是點了頭：「嗯。」

大家隨即開開心心的大吃一頓。席間，不少人都盛讚小熙，說她人美手藝高，誰娶到誰有福氣。盧如運當然搶第一個，故意開玩笑般的邀請小熙看電影，小熙很會做人，既沒答應，也不拒絕。

電視音量開得還滿大的，加上笑聲與說話聲，海因澈的住所頓時成了宴會廳啦。不過海因澈也吃得挺開心，沒有在意。

吃飽喝足後，小熙說：「我去買啤酒，你們誰要？」

這票刑警竟然「我」、「我要」的舉手高喊。阿你們是在執勤ㄋ，喝酒？盧如運更是扯，下班了還不走，說要陪小熙去。

小熙說：「不必啦，我去就行了，等會兒負責幫我提上樓吧。」轉頭看著那一桌的杯盤狼籍，「如果你們有心，就幫我洗碗擦桌子囉。」

這票刑警（色胚）又開始「好」、「沒問題」的拍胸高喊。

等小熙帶著那一長串叮噹聲響的耳環走人，盧如運就對阿凱說：「去叫那個衰人（姚嘉任）出來。」

「幹嘛？」

「叫他出來洗碗啊。」

啐！

不過姚嘉任始終沒有出門，無論阿凱怎麼叫。機警的阿凱立刻掏槍，開門衝進去……看見的，卻是姚嘉任仰躺在地，吐了滿嘴，雙眼圓睜，四肢僵硬，早就斷氣身亡了。

屍體旁邊，除了飯菜外，還有一張摺疊過的畫，畫中人物，正是吐了滿嘴、雙眼圓睜的姚嘉任素描，十分逼真。

這下子糗大了！

負責保安的盧如運首當其衝。救護車趕到之前，臉色難看的他一直跟同事們商議如何善後。

阿凱一語道破大家心裡的懷疑：「飯菜是小熙端進去的，她的嫌疑最大。」

小熙還沒回來。於是，刑警們都把目光移向海因澈。

海因澈像似想到了什麼，大叫一聲：「糟！我們上當啦。」趕緊拿出手機，撥打號碼……「喂，李唄唄呀，我是海因澈啦……是啦，好久不見啦，能不能請問您小熙在不在……嘎？！真的……好好好，我知道了，我知道，唄唄再見。」

盧如運與阿凱都走了近前。

「剛才我打電話給小熙她爸，你們猜，她爸怎麼說？」沒等二人回答，海因澈繼續往下講：「小熙今天出門到火車站時，被人騎機車從身後搶奪皮包，因為撞擊力道太大，摔得頭破血流，住進醫院。」

阿凱發愣：「什麼意思？」

盧如運就瞭解了：「換句話說，剛才到這裡煮飯做菜的，不是小熙本人，而是廖中俊？」

海因澈點了點頭：「他先搶了小熙的手機，跟我聯繫，再用催眠術騙過我們所有人，大搖大擺的走進這裡，毒殺姚嘉任。」

「又來了……」阿凱冷笑嘀咕。

盧如運忙問同事：「不是叫你們架了監視錄影器嗎？架了沒？」

一名刑警回答：「架了，對準這間公寓的門外跟走廊。」

「快！把錄影帶放出來。」

錄影帶畫面中，是一名頭髮發白的中老年人，他面無表情，穿著普通，在場的人全認出他是廖中俊。走廊上，刑警們並未對他盤查，任憑他走到海因澈住家門前，敲門進入。看看影片時間，恰是小熙來的時候。（這就是我前面所賣的關子囉）

盧如運轉頭去瞧阿凱：「這下子你相信了吧。」

阿凱無言。

盧如運快轉帶子……影片到了小熙離去的時間，畫面上，則是廖中俊悠哉離去的背影。

阿凱氣得跳腳：「怎麼可能嘛！」

海因澈手指畫面：「注意看他的耳朵！」畫面上的廖中俊戴了一副耳環，那耳環不小，可因震盪發出叮噹聲響。「前兩次他能催眠警方，靠的都是聲音，第一次是腳踏車的鈴鐺，第二次是手鈴，這次則是耳環，方法用的都一樣。」

盧如運想了一想也說：「廖中俊的檔案記載，他長年父代母職，我想，這樣的男人多半都會做飯吧。」

海因澈苦笑：「而我印象中，小熙是不會做菜的。」

「那你剛剛不講？」

「我怎麼樣也不會懷疑到她呀。」

盧如運癱坐在沙發上，「頭殼抱著燒」，喃喃自語：「完了完了，等會兒我要怎麼跟大隊長交代……」

海因澈突然擊掌：「我有個反敗為勝的辦法。」

「嘎？」

「屍體還健全不是？對方肯定會回來取下一條腿，這是我們的機會。」

盧如運哭喪著臉說：「上回我們也是這麼想的，結果哩。」

海因澈自信滿滿的微笑：「上回你們沒有我呀。」

「你有什麼計畫？」阿凱問。

海因澈於是如此如此、這般這般的詳細說了……

載了屍體的救護車嗚嗚叫的疾馳於馬路上，卻不是開往醫院，而是開往警署的鑑識科。

一到目的地，鑑識科的人便推著屍體往裡走，直奔停屍間。

鑑識科的法醫站在停屍間門口說：「好，交給我了，領據呢？」

領頭的刑警遞出領據表格：「要小心，這是大案子，兇手會來盜屍。」

「我知道。」法醫邊簽收邊說：「OK。」接過了屍體，往裡頭推。鑑識科的同仁要幫忙，法醫他還擺手拒絕，「你們走吧，我來就行了，走吧走吧。」

同一時間，另一房間——

盧如運與阿凱等人正聚在監視器螢幕前，目睹廖中俊推入屍體，大搖大擺的要在法醫的工作間內肢解屍體。「海因澈沒有猜錯！」「快！動手抓人！別管他看起來是誰，手銬先銬上了再講！」

前幾回中了催眠術，都是因為監視方與監視器沒做聯繫，這回聽了海因澈的建議，警方以監視器的「視覺」為指導方，催眠術就發揮不了作用了。

畢竟機器是無法被催眠的。

掩蓋屍體的白布一掀開，法醫（其實是廖中俊）的臉就綠了。所謂的屍體，根本是海因澈躺著偽裝的。也在這一刻，阿凱他們衝了進來，抓人上手銬！

「廖中俊！」「壓住他！上銬上銬！」

海因澈趕緊扯掉廖中俊手腕掛的一條鈴鐺，以免他繼續作怪。

盧如運這時也跑了進門，好不得意：「抓到你了喲，廖，中，俊。」

廖中俊滿臉死灰，漸漸褪出了偽裝的幻象，讓人看清他的原貌。不過，他並不可憐巴巴或氣憤不休，相反的，還顯得相當鎮定。

偵查室裡，盧如運與阿凱扮演了黑臉、白臉，針對廖中俊進行偵訊。

海因澈當然功成身退，被請了回家。而我，自然也跟老昌、蘇ㄟ它們來湊個熱鬧，看場好戲。唉，還真不精彩，因為廖中俊從頭到尾不發一言，無論如何的威逼利誘，他都不說話。

盧如運無可奈何的走出偵查室，打了手機給海因澈……

「你說怎麼辦？」

「那很簡單，告訴他『再不說話，我就請高明的催眠師來，讓你說話。』」

「要是他不怕呢。」

「那就真這樣幹呀，你忘啦，李勿熙的催眠術很在行。」

「小熙？」盧如運口水又開始流了，「那好！他最好不怕。」掛了手機，盧如運回到偵查室，衝著廖中俊發飆：「你再不說，我就請高明的催眠師來，讓你說話！」

本以為廖中俊會嚇得臉色鐵青，沒想到，他不知看到了什麼，神情轉趨輕鬆，甚至，嘴角還微微上揚。

阿凱也火大了：「還笑？你笑屁！」

廖中俊雖然還沒開口，我卻知道他在笑什麼，我看到那個新來的鬼魂，那個穿了白色連帽T恤、遮頭蓋臉的鬼魂出現了。這次，它的手裡還多了一張東西，一張拍立得相片！相片裡的情景跟前三張相同，除了前三位死者的殘肢外，這張多出了第四條斷腿。

它把那張相片從門縫裡塞了進去。

同時間，一名刑警衝進了偵查室：「盧sir，不好啦，姚嘉任的屍體被人……破壞啦！」

盧如運張大了嘴巴：「屍體的腿……被剁了？」

一旁，阿凱發現了相片，撿了起來。

報訊的刑警點了點頭。

阿凱把相片遞給盧如運：「剛剛在地下撿到的。」

盧如運看了看相片，再回頭看看廖中俊，廖中俊的表情好像是在說：

我又贏了。

07 第五位

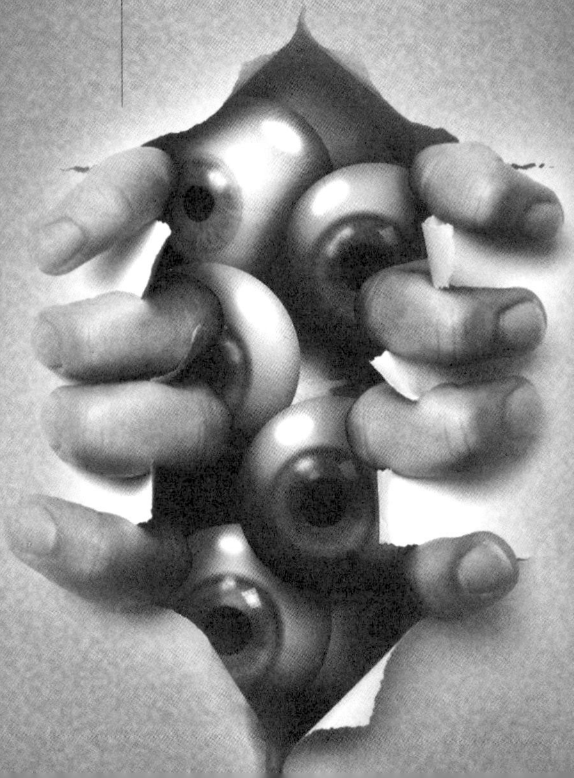

廖中俊被捕的消息立刻成為各大媒體的頭條，跑馬燈不停放送。然而，專案小組心知肚明，姚嘉任事件是他們輸了，而在廖中俊被捕後，姚的屍體仍然遭到截肢，證明了廖有幫兇，案子尚未結束。專案小組上下並無破案的喜悅。

盧如運的最佳諮詢對象仍是海因澈，隔天下午，他又到了海因澈的公寓。

「還是什麼都不說？」海因澈問。

盧如運哀怨地點頭：「但他的表情好像是說……他又贏了。」問：「你打算什麼時候請小熙來？真的那個小熙。」

海因澈沉吟：「與其去找幫兇，不如先把第五個受害者找到。你還記得吧，他要的是我們把真相查出來，查出來了，他就會停止殺人。看看我們現在有什麼，陷害他兒子的證人（鄭持身）、誤判他兒子的法官（張大文）、雞姦他兒子的罪犯（姚嘉任），然後呢？為什麼要殺李子敬？他做了什麼？第五個人又是誰？」

盧如運說：「第五個人……我想，應該是那個搶劫犯吧。」

「搶劫犯？」

「廖學文是清白的，那麼真的那個搶劫犯，他們父子一定很恨。」

海因澈想了一想，自問：「誰知道誰是真的搶劫犯呢？」突然，他笑了。

「你笑什麼？」

「也許，」海因澈轉為苦笑：「我們該去問廖學文，他應該早就查到啦。」

「問他？你是說……再去拜託阿卿一次。」

「如果他們父子不知道誰是真的搶劫犯，那就表示，我們也不需要知道，如果他們知道，而廖中俊又不肯說，我們只好去問他兒子。」

盧如運一愣：「死人比較好問嗎？」

海因澈聳聳肩膀：「有時候是這樣。」

刑大鑑識科的停屍間……召魂的儀式再度進行。

海因澈與盧如運陪在阿卿一旁。

「可以了。」她說。

盧如運把燈打開，隨即，交出了一隻手錶：「他的屍體還戴著這隻錶，我不曉得他喜不喜歡這錶，應該可以吧？」

阿卿收下了錶，玩笑說：「再這樣下去，你們警署要頒一塊匾額給我才對。」

盧如運笑：「就寫『鬼唬神功』怎麼樣？唬爛的唬，功勞的功。」

阿卿揍了他一拳。

當晚十一點多，海因澈、盧如運先後抵達天照宮。也跟上回一樣。

三個人輕鬆聊天。這回，阿卿手裡握住的是廖學文的錶。

然後，十二點到了。

一如前兩回，附近的狗吠聲愈來愈多，愈來愈響，狗群慢慢聚在廟的對面……海因澈二人都曉得亡魂已到。

隨即阿卿垂下了頭，靜止不動，手裡握著那錶。

盧如運低聲問：「這回會從哪裡來？」

海因澈沒有回答，起身走開。（又去趕狗啦）

這回，盧如運膽子更大了，主動走過去看阿卿的情況。垂下頭的阿卿被頭髮蓋住半張臉，嘴巴不動，可是卻聽得到呢喃低語聲。他鼓起勇氣，把阿卿轉了過去，檢查阿卿的後腦勺……沒變化，再側臉去看一旁的鏡子，鏡子裡也沒變化，突然，阿卿跳了起來，掐住盧如運脖子，將他一把推了開。

海因澈這時剛好走回來，便在廟門邊上與盧如運撞個正著。

阿卿這時將手錶戴上手腕，跳上桌面，擺出電影「金剛」裡的狂妄姿勢，大呼小叫：「我回來啦！哈哈哈哈！回來啦！哈哈！」

盧如運回頭問：「怎麼回事？」

海因澈衝著附身的亡魂大吼：「廖學文！是誰害你的？是誰害你的！」

阿卿（廖學文）聽了狂叫：「是張大文那個狗法官！是那隻狗！」

「不只他，不只他，還有誰？還有誰！」

「還有李子敬、鄭持身、姚嘉任！」一提到姚嘉任，他更是咬牙切齒：「姚嘉任，我要捅爛你的屁眼！捅爛你！」

「不只他們，不只不只！還有誰？還有誰！」

廖學文（阿卿）把頭一偏，陷入長考，接著吐露了一段話來：「他長得很高很壯……」

海因澈一愣，趕緊拿出預備的紙筆，邊聽邊畫起來……還不忘提醒盧如運：「你也問呀，別光杵著。」

盧如運於是問：「他叫什麼名字？這個傢伙，叫什麼名字？」

「他？他叫……洪大ㄟ，對，他們都叫他洪大ㄟ，那個流氓……」

「流氓？」盧如運追問：「他是混黑社會的啊？那個洪大ㄟ。」

阿卿的身體驟然委靡，就從桌面上直接倒下。

「小心！」盧如運趕緊衝過去接住。

我知道是亡魂離開了。

那道亡魂正是那個穿了白色連帽T恤、遮頭蓋臉的鬼魂。它從阿卿的身體飄了出去，飄出廟門，飄過我的身旁。我一直盯著它看。

「你練得怎麼樣啦？你能用手輕拍桌子嗎？」

我笑笑：「聽你的話，我偷偷練習了，只要集中精神，十次中有七次可以用手輕拍桌面，不會穿過桌面。」

「看過我用手拿名片吧，想不想用手去拿東西呀？」

當然想。

它說：「你用同樣的方法去練，試試找出訣竅。」說完，它就飄遠了，飄遠，不再回頭。

為什麼幫我？它希望我做到這些動作，是對我有什麼期待嗎？無論如何，我明白當我可以隨意觸碰實物、拿取實物時，就可以在陽間為所欲為，好比是透明人般，想幹嘛就幹嘛，不怕警察、不怕任何人，也不怕鬼。

回到警署，盧如運開始追查「洪大ㄟ」這條線索——從大台南地區所有的黑道開始，他很快就有了收穫：綽號「洪大ㄟ」的是一個叫林良宏的角頭。這傢伙恐怕不太需要警方保護，因為他隨身的小弟與保鑣眾多，甚且，他也是一間家廟的廟公，自稱懂得茅山法術，並不怕鬼。

阿凱就笑說：「阿這不是很矛盾？如果我們逼問林良宏，他死都不會承認幾年前自己犯下那件搶案，到時候，他被廖家父子弄死，剛剛好啊。萬一他承認了，真相公諸於世，廖家父子遵守承諾不殺他，這個社會只是多了一個敗類。」

盧如運也苦笑：「你的意思是，這件案子算破了？不必查下去囉？」

阿凱兩手一攤，擺出「不然哩」的姿態。

是啊，不然哩？

自從上回老昌講了它的故事以後，我就常煩蘇ㄟ，要聽蘇ㄟ的故事。今天，蘇ㄟ終於受不了，開始講了。

（以下，我模仿蘇ㄟ的口吻描述……）

在一處非法的地下賭場裡，一個叫「意ㄚ」的人正吆三喝四地狂賭，這個傢伙是標準的賭鬼，可是偏偏十賭九贏，你不能以賭博會傾家蕩產這種警語來勸他，如果不是揮金如土，以意ㄚ長年下來的獲利，早就買下兩棟房了。

所以那一晚，他照例無所忌憚地狂賭、豪賭，準備贏它一部ＢＭＷ。

賭場一角，梭哈的牌桌上，意ㄚ接連大敗敵軍，眼前的鈔票堆得老高，背後的觀眾擠得滿滿，叫他不得意也難。賭咖四個逃了三個，只剩一人還不服氣。

發牌員瞧了一眼意ㄚ，再瞧一眼對方，問：「兩位還繼續嗎？」

意ㄚ聳聳肩，無所謂。

對方則點點頭，拿出一只戒指擺在桌上。

發牌員又瞧了一眼意ㄚ，意思是：這樣你還玩嗎？

地下賭場賭的是現金，連籌碼都沒人敢認，一只戒指算什麼。

「先生，」意ㄚ苦笑：「我們改天吧。」

那個耍賴不服輸的賭客問：「你瞧不起我這戒指？」

發牌員偷偷打了PASS，場內幾個凶神惡煞的保鏢圍了過來。

那賭客見狀，拿出一把刀來：「這一把我如果輸，一只戒指外加兩條腿，怎麼樣？」

肉賭？意ㄚ今晚贏得正爽，哪跟對方賭這個？

保鏢們也說話了：「喂，這是『黑牛』罩的場子，你別亂來，收下你的東西，走吧。」

那賭客沒有理會，只是盯著意ㄚ：「如果你輸了，把我的錢還我就行了，不需要剁腳。如果你贏了，這戒指跟我的腿統統給你，怎麼樣？」

地下賭場常有一些黑道賭客，就算意ㄚ逃過了場內，場外也會受到糾纏，他決定一了百了：「就一把？」

「就一把。」對方肯定說。

意丫跟保鏢們點頭示意，請他們離開，同意玩這最後一把。

五分鐘後，他又贏了。

不過，沒等對方把腿剁下，意丫就帶著錢落跑啦，他才不想要兩條血淋淋的人腿。當然，戒指他也沒拿。那晚他總共贏了八十幾萬，不稀罕一只爛戒指，尤其對方還是個輸不起的人。

回到家後，已是星期天早上，意丫倒頭便睡，做了一個香甜的夢。到了黃昏，模模糊糊醒來，起床走到客廳，發現客廳地板滿是泥腳印。「怎麼會這樣？」他端詳了好一陣子，視線最後落在飯桌上的那只戒指。

看來，是昨晚那個爛賭客跑來把戒指留下的。

戒指旁邊還有一副撲克牌。

意丫一個頭兩個大，擔心對方該不會暗示還要再玩吧？嘆了口氣，出門去買便當了。用完餐後，他辛苦擦地，把那些討厭的腳印全部清除，然後陷入沙發裡看電視，一邊盤算如何花錢，個性爛漫的他在沙發上便睡著了。

依稀中，他聽到有人在客廳裡走動的聲響，爬起來探頭查看，彷彿有人來回踱步，他走到牆邊開了電燈——

客廳裡再次踏滿了泥腳印！

意ㄚ既厭惡又恐懼，知道那賭客剛又來了，而飯桌上，戒指跟撲克牌都還在，叫人起雞皮疙瘩的是撲克牌旁邊多了兩手（各五張）牌。也就是說，對方不但潛入了他家，還硬要跟他再賭一局。

意ㄚ生氣了，跑回房間去找他那支木劍，想把對方揪出來打一頓，豈料，到了房裡，房裡也到處是泥腳印，連床上都有。他退卻了，只好帶著錢、打電話叫計程車，躲到一家最近的旅館。

隔天醒來第一件事，就是跑到銀行裡存錢。第二件事，則是去找一個陳先生，他的好朋友。

聽完描述，陳先生問：「你們打過架？」指著意ㄚT恤上的一個大腳印問。

意ㄚ緊張起來，忙說昨晚身上還沒有這腳印呢。

「對方……該不會是鬼吧？」

意ㄚ一愣：「可是在賭場時，他還活得好好的呀。」忙問：「老陳，這種事情你懂得怎麼處理嗎？」

「我試試。」

陳先生陪意ㄚ回到了家。此時，意ㄚ家裡的泥腳印比昨晚出門前更多了，從痕跡與方向上研判，它們似乎是在找尋什麼，到處團團轉。

陳先生走到飯桌上打量那兩手發好的牌，問：「喂，你玩不玩？」

意ㄚ知道他的意思，無奈地問：「就一把？」

「就一把。」陳先生肯定說。

意ㄚ選了其中一手，將它打開：K三條，他暗暗叫苦，照理說這是不錯的牌，不過他實在不想贏，希望盡快擺脫對方。

再來，輪到陳先生打開另一手牌了：愛士四張。

意ㄚ一看，當場大笑：「我輸啦。」這是他生平輸得最痛快的一次。

中午時分，意ㄚ請陳先生吃飯，再回到家，家裡所有的泥腳印全不見了，地上沒有擦洗的痕跡，只是憑空消失不見。非但如此，飯桌上的戒指也一樣消失無蹤，只除了那兩手撲克牌。

當晚電視上的八點新聞報導了一則社會案件：

台北縣某處海邊，有人發現了一具浮屍，疑是生前積欠賭債，遭到黑道推入海中致死。古怪的是，浮屍雙腳滿是泥濘，不知何故……警方還在屍體緊握的手心中發現了一只戒指。

意ㄚ看了新聞，心底不免會聯想，這是不是該名賭鬼？要不，怎會這般湊巧？

可以確定的是，今後他再也不會到那家地下賭場玩了。

「該不會，」我笑：「你就是那個掛掉的賭客？」

蘇ㄟ笑笑默認。廢話，說的是它自己的故事嘛。

老昌一旁也來攪和：「你是當天就被黑道推下海淹死，然後變成鬼，又跑去找那個意ㄚ賭錢？」

蘇ㄟ兩手一攤：「我就是忍不住，非賭不可。」

老昌嘲笑：「阿你名字都叫『輸』（蘇）ㄟ了，還跟人家賭個屁。」

我也笑：「是啊，人家叫『贏』（意Ｙ），你叫輸，難怪你會輸到當褲子，被人逼債逼到死。」

現實世界裡，小熙來找海因澈了，幸虧那一票豬哥刑警已經不在。

「真的？」她笑得花枝亂顫，指著海因澈：「那你不是成了王八蛋，好好的一間客房成了命案現場。」

海因澈苦笑反諷：「你還差點成了嫌疑犯呢。」

說來巧合，小熙這回穿著一件紅色超短小洋裝、豹紋內搭褲與高得要死的高跟鞋，除了少掉耳環外，簡直就跟廖中俊催眠眾人時的幻象一個樣。海因澈提到這一點。

小熙指著自己額頭上的紗布（傷口的包紮），恨恨的說：「廢話，他傷了我的那天，就曉得我的裝扮啦，你們看到的，其實正是他腦海裡的想像嘛。」

「這種催眠術妳也會？」

小熙冷哼：「那當然，如果我沒猜錯，姓廖的一定是從傅樂奇那裡學的，而傅樂奇可是我『催眠課』的學生哩。」

「要怎麼樣才能破解、甚至預防？」

小熙笑笑：「你想知道？可以呀，帶我去嚐嚐你們台南道地的小吃，我就告訴你囉。」

周氏蝦捲。是的，海因邀請小熙去了一趟安平古堡。

話說，安平古堡是鄭成功所率領的雜牌艦隊與荷蘭的殖民政府交戰時濱海的重鎮，現在當然只剩下城牆的一處角落了，外加一座新蓋的瞭望台。從赤崁樓、安平古堡到億載金城一路走來，約莫一個早晨就能搞定，老台南人覺得無趣，觀光客可當它是寶。

安平珍貴的風光是海邊，生前我便說過，四草大橋又寬又長，沿途盡是取之不盡的海岸景致，釣魚、親水、留言（請看第一集）或看夕陽，隨你歡喜，這還不提附近的鹽山與風帆衝浪呢。

可惜一般人都只看觀光導覽，老愛去安平吃豆花。豆花到哪還不都一樣。而周氏蝦捲還好一些——因為我個人喜歡吃炸的東西。

老店裡，平常的日子不必大排長龍，兩個人各點一盤蝦捲、一碗湯麵，合點幾牒小菜，就讓人「吃到那邊去」（台語）了。我看小熙是真的餓啦，叫了兩盤蝦捲不說，還打算吃肉燥飯配米粉湯。

海因澈笑：「妳這樣吃？女孩子不是都很怕胖？」

小熙邊吃邊說話：「我不是女孩子，我是女中豪傑。」

哈！

周氏蝦捲對喜歡吃炸料的人來講，分數不會太低，至少都有六十分吧。唯一的缺憾是他們的行銷方式，竟然在高雄的某些大賣場設點。當你聽到高雄人說：「幹嘛到台南排隊吃呀？我們在高雄的家×福買東西時就能吃到了。」我想，你可能對這份小吃的評比會大打折扣。

吃著吃著，海因澈問：「妳還沒告訴我答案呢。」

「答案？什麼答案？喔，」小熙嚥下嘴裡的食物，說：「傅樂奇一定新學了某種可以迷惑人心的法術，或者說是幻術。不管那是什麼，都存有某個缺陷，這使得他必須對於催眠有所瞭解，藉由催眠手法，補足那個缺陷。」

海因澈聽得頻頻點頭，又問：「廖中俊每次催眠大家，用的都是鈴鐺之類的聲響，妳教傅樂奇的，也是這個？」

小熙點頭：「聲音？沒錯，重點是，用什麼方法能瞬間催眠一堆人。」

「什麼方法？」

小熙搖頭苦笑了：「那種你所謂的超級催眠術，我也做不到，或許國外有人做得到吧。」隨即吃起小菜，說：「傅樂奇可以用一張畫，就讓一個人死，我猜，他也可以用一張畫就讓人看到幻象。」

「妳的意思是，讓我們所有人把廖中俊看成是妳，類似這種幻象？」

「沒錯。廖中俊的身上可能帶了一張畫，再用鈴聲，將催眠與幻術做結合，迷惑了你們所有人。」

「妳繼續吃，我打一通電話。」海因澈拿起手機撥號……「盧ㄟ，是我啦，海因澈。對了，廖中俊他身上有沒有什麼可疑的東西？喲，像是畫啦，之類的……嗯，我明白了。那，案子現在辦得怎樣？喔，這樣呀，好好好，你忙你忙，不吵你了……沒有，我也沒什麼頭緒……是啊，好啦，先這樣了，拜。」

小熙好大的胃口，還去櫃檯加點了一份蝦捲外帶。當她回座時，看著滿桌的空碗空盤子發呆。

海因澈說：「剛剛我聯絡了警方的朋友，他們說，廖中俊身上有一張符紙，空白的，我想妳說的應該是那個？」

小熙拿起筷子輕敲桌面：「傅樂奇以前就很習慣用符紙做畫，有這個可能。」

這時候，門外走進了幾名黑衣人，好死不死，就停在海因澈他們桌旁，嚇了海因澈一跳。

其中一名黑衣人彎腰湊近海因澈說：「請問您是海先生嗎？」

海因澈點了點頭。

那人說：「我們老闆有事向您請教，能不能請您過去一趟。」接著，從上衣口袋裡摸出一張名片遞出——

天玄企業

宏盛汽車

仁和宮

林良宏（世賢）

電話：×××××××××××

地址：×××××××××××

海因澈沉吟：「你們老闆是不是『宏大ㄟ』？」

對方愣了一愣，笑笑點頭：「你也聽過他。」

海因澈笑：「是啊，而且是從一個死人的嘴裡聽到的。」

08 三個畫鬼師

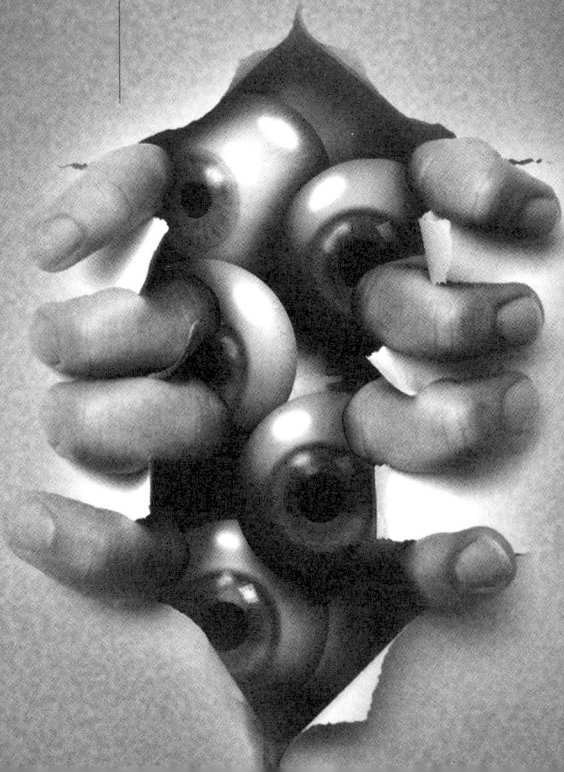

所謂的天玄企業，其實是一家中古車賣場，它的隔壁，就是宏盛汽車，聽說後面的巷子裡，便是林良宏經營的家廟：仁和宮。不用太大的智慧也可以看出，這家中古車賣場是個黑道堂口。

賣場二樓是個改建的大客廳，冷氣、屏風、泡茶座，標準的會客室。這時，裡頭除了林良宏跟幾個黑衣人外，沒有別的客人。

林良宏是典型的南部角頭，穿著隨性、髮型平頭，還故意戴了副金邊眼鏡，五十開外的他，不知是近視眼或老花眼。老實講，他長得跟一般的歐里桑沒兩樣，相貌真不值得詳述。倒是坐在他身後的那個年輕人比較特別，長髮、尖臉、黑色唐裝，迴異於這裡的「兄弟ㄚ」。

「海先生呀，」林良宏說話聲音宏亮，站起來張開雙臂迎接（也才看出他有多矮）：「來來來，坐坐坐，歡迎歡迎。」

海因澈帶著剛吃飽的小熙一起來。小熙手裡還拎著外帶的蝦捲。

林良宏銜著小熙笑問：「ㄏ，你七阿（台語版的馬子）有夠水哩。」

海因澈尷尬的嘿嘿笑。

小熙則白了海因澈一眼，用憋腳的台語說：「挖不是伊ㄟ七……普通朋友啦。」

林良宏笑得更大聲了：「沒關係、沒關係，是朋友就好，朋友就好。」

海因澈說：「這位是李小姐，她跟我一樣，也是個畫鬼師。」

主客各自就座，林良宏泡了一輪茶，招呼不斷，接著才把話題帶入正軌：「……有人要殺我，你知道ㄏ？」

海因澈從口袋裡取出一張折好的畫紙，遞了上前：「應該說，是有鬼要殺你。」

林良宏打開那張圖畫，裡頭正是自己的素描。

海因澈於是將他在天照宮的所見所聞詳細講一遍……

林良宏聽完，臉色當然不好看，把畫放下：「我會找你來，為的也是這個，」回頭看了長髮年輕人一眼，「海桑，你知道這一位是誰？」

海因澈端詳對方，搖了搖頭。

「他是我兒子，林其鬱，幾年前被我送到中國大陸學國術，我兒子他……也是位畫鬼師。」

長髮林其鬱站了起來，跨過桌面，主動與海因澈招呼握手：「久仰，海先生。」

海因澈笑笑：「看來，這裡算是畫鬼師大集合了。」

林其鬱長得白皙俊秀、身材瘦長，簡直跟他老爸是一百八十度的相反，加上人如其名，眉宇間老透著憂鬱王子的神色，我想，女人應該都會喜歡他吧。小熙就一直盯著瞧。（她還偷偷把手上的那包蝦捲放得老遠，撇得一乾二淨，怕人家嫌她貪吃。）

林良宏續說：「電視上報的那個廖中俊，很早就找上我了，如果不是被其鬱發現，我可能已經死啦。」

海因澈苦笑：「換句話說，當年犯下搶案的人，真的是你？」

「你以為是這樣？」林良宏搖了搖頭：「我今年五十七歲啦，就算在當年，也不年輕，我有可能去做那種小『勾當』？」

「是我弟。」林其鬱一旁打岔，「他……一直都很『匪類』（台語：輕狂墮落），我爸為了不讓他坐牢，才會、才會拜託『有力人士』栽贓別人。現在，人家回來報仇啦，卻是來向我爸討……」

所謂的有力人士，指的應該是鄭持身，至於這個「別人」，應該就是廖學文。

海因澈好奇問：「你弟人呢？」

林其鬱說：「好幾年前，他就因為吸毒過量死掉了。」眼神有點閃爍。

海因澈點了下頭，然後說：「廖中俊曾揚言，只要我們查清真相，公諸於世，他就不會再殺人。如今相關的人全都死了，林桑，你為什麼不把真相公諸於世呢？你是一位父親，為了保護兒子犯了法，相信法院會從輕量刑的。」

林良宏笑笑不說話。

我想，他是不肯公諸於世、面對司法的。要不然，他會去找其餘的有力人士，而不是來找海因澈這種畫鬼師。

海因澈也明白了，問：「我能幫你們什麼忙呢？」

林良宏說：「警方辦案的詳細經過，我不清楚，但我打聽到你跟專案小組的盧組長很熟，常有聯絡，你應該很清楚他們辦案的情況，請你來，是想跟你請教廖中俊都用什麼方法殺人？為什麼警方派了人保護的人，還是被他殺了？」

海因澈是個慈悲的人，聽了是幫這種忙，當下首肯：「好，我可以告訴你……」一五一十的和盤托出。主要是講廖中俊催眠術的厲害，旁及傅樂奇的法術。

林家父子專心的傾聽，聽完之後，臉也綠了。沒辦法，對手實在太可怕。

林其鬱問：「那麼海先生有沒有什麼辦法……可以破解對方的催眠術？」

海因澈沉吟：「廖中俊已經被抓了，他的共犯是什麼來路，我不清楚，用的是不是催眠術也不知道，現在談這些似乎早了。」

林良宏苦笑：「難道等我被殺，才來研究？」

海因澈無言，轉頭向小熙求助。

小熙說：「有個辦法可以試試，但不保證管用。」

林良宏父子都趨近身體、表情認真的聽。

「搜身。每個靠近你的人，都讓部下搜他們的身，不管是你的親人、朋友或任何人，使用那種超級催眠術，身上一定要藏符紙，只要把符紙搜出來撕掉，它就會破功。」

林良宏皺眉：「這，恐怕有困難……」

是啊，對方可以化成任何人，萬一化成警察，難道你要搜警察的身？怎知道人家是真的警察或假的警察？

海因澈在一旁倒是想到其他了意見：「還有一個『撇步』（台語：招式）。」

小熙不以為然的白了海因澈一眼，那眼神好像在說：還有什麼撇步？

「對方殺人用的都是同一種方法，殺人畫。也就是說，任何要給你的文件，你都不能親自過目。」

小熙冷笑：「這也不實際呀。哪，對方把畫拿給你看時，絕對是在你們處於催眠狀態下，到時候，幫你過濾文件的人怎麼確定你該不該看？不然你以為前幾個人是怎麼被殺的？有些畫還是警察拿給被害者看的呢。」

海因澈隨即又說：「如果負責過濾文件的人是妳呢？小熙，那就不會有問題了呀。」

林其鬱問：「小熙小姐她？」

「她的催眠術十分高竿，有她幫忙，對方的殺人畫肯定送不到林桑（林良宏）眼前。」

小熙應該是獅子座的，被人一捧卵葩……喲，忘了她是女的，總之，被人一吹捧，立刻得意了起來。

林其鬱問：「小熙小姐願意嗎？」

林良宏也說：「我們願意用私人保鑣的價碼聘請李小姐，直到這事情結束。論日計薪，一天一萬塊，供食宿。」

海因澈打哈哈：「如果還供應周氏蝦捲，那她肯定答應。」

小熙伸出她的美腿，偷踩了海因澈一腳。

「怎麼樣？小熙小姐。」林其鬱盛情款款。

小熙說：「可以，但我有一個條件，我是個女生，又不認識你們，跟你們攪和，我會擔心，除非海因澈也加入。」

林良宏一拍大腿：「好，沒問題。」衝著海因澈說：「我給李小姐多少，就給你多少，怎麼樣呀？海桑。」

林其鬱也看著海因澈，露出殷切的期待。

海因澈舌頭打結了：「怎麼……扯到我這邊啦，我還有工作耶。」

小熙笑笑：「又沒叫你關店。哪，只要你下午收攤之後來這一趟，林桑就給你一萬塊，這還不好？」

海因澈搖了搖頭：「這樣吧，我每天晚上過來陪大家聊天，林桑也不必給我錢啦，如果接受我這個辦法，我就答應。」

既然海因澈這麼上道，林良宏當然同意囉，上前跟海因澈握手：「好！海桑你夠朋友，等事情過去，我再澎澎湃湃請你吃一頓滿漢全席，剛溫啦，多謝。」

海因澈回瞪了小熙一眼。

小熙掩嘴偷笑。

就這樣，海因澈再度被扯進了這灘渾水——上回是被白道（警方）扯進去，這回是被黑道扯進去。每天收攤、吃完晚飯後，還得跑來林良宏的堂口泡茶，跟這票兄弟窮哈拉……

至於小熙，她倒是如魚得水，錢照賺（而且賺更多）、蝦捲照吃，還跟林其鬱打得火熱。

這個夜晚就海因澈、小熙與林其鬱三個人坐在林家二樓客廳聊天，林其鬱聊到了中共武力犯台：「……阿六ㄚ都快有航空母艦了，再這樣下去，台灣早晚被統一。」

海因澈一笑置之。

「海桑好像有別的看法？」

「我對軍武很有興趣，」海因澈說：「長期都會注意兩岸軍事的演變，對岸的確進步很多，可是想要犯台，還差得遠。」

「喲？怎說。」

「你聽過湯姆克蘭西（獵殺紅色十月的作者，美國民間著名的軍事評論家）關於解放軍犯台的說法嗎？」

林其鬱搖了下頭。

「他舉了十九世紀的歐洲為例，當時的德國議會有人向首相俾斯麥質問，如果英國艦隊登陸德國北岸，德軍將如何因應？俾斯麥回答，我會通知當地的警察，逮捕上岸的英軍。為什麼俾斯麥這麼狂妄？那是因為他瞭解『登陸』的軍事意義，一支艦隊要跨海運載大軍是極其艱難的事，即便對岸沒有海空防，光是處理運載、後勤與登陸作戰這些問題，就一個頭兩個大了。」

「俾斯麥說我會通知當地警察，前往逮捕上岸的英軍……什麼意思？」

海因澈笑笑：「英軍光是要把部隊送上岸，就很困難了，上岸的英軍如果只有個幾百人，警察就能處理啦。」

「你的意思是說，解放軍要登陸台灣也很困難，我們不必擔憂？」

海因澈點了點頭：「世界軍事史告訴我們，固守俄羅斯的不只是俄軍，還包括寒冬。同樣的道理，固守台灣的不只是國軍，還包括台灣海峽。除非台灣海峽有乾掉的一天，要不然你我都不需擔憂解放軍犯台。」

林其鬱似乎不以為然：「清朝的施琅不就登陸了台灣？還攻佔了台灣呢。」

海因澈說：「你錯了，施琅並沒有登陸台灣，他登陸的是澎湖。當時的台灣政局紛亂、士氣瓦解，一看澎湖陷落，就準備投降了。等到施琅率軍前來受降時，由於鹿耳門港路曲折，清軍船隊光是自相碰撞，就毀了有十多艘，這種天險不得不讓施琅覺得，若非台灣內亂，他根本不可能攻取台灣。」

「那、那鄭成功呢？他不是打敗了荷蘭守軍、登陸了台灣嗎？」

「呵呵，當時荷蘭守軍全部加起來恐怕只有一兩千人，鄭軍卻多達兩、三萬，十倍耶，這個例子正好說明了登陸的高度困難——你要用十倍的力氣才能打敗岸上的守軍。你認為解放軍能夠派出兩百萬人同時登陸台灣嗎？」

林其鬱無話可說了。

海因澈接著說：「解放軍發展航母，跟攻打台灣更是沒有關係，因為他們的飛機隨時能從福建起飛到達台灣上空，與台灣空軍一戰，何需航母？他們想要發展航母是他們的事，我們不必在意。」

沒想到海因澈的嗜好還有這一項，軍武。接下來就聽他們兩個男人大談特談戰機、軍艦與潛艇，兩個人都是如數家珍……

小熙對於這些當然毫無興趣，打起了哈欠，抱怨說：「聊點別的好嗎？」

海因澈這才打住，笑問：「妳想聊點什麼？」

小熙衝著林其鬱說：「聊點你遇過的靈異故事嘛。」

「這樣呀，」林其鬱沉吟：「那我講一個好了，個人的親身經歷。」

小熙像個小女孩般雀躍：「好哇好哇。」

（以下，我用我的口吻描述……）

林其鬱就像所有從台灣到大陸闖蕩的人一樣，滿載希望與活力，對未來盡是憧憬。

他學習國術的城市是在武昌，一個潮濕的地方，據他所說，那地方的房子，牆壁長年發霉，而且幾乎家家戶戶如此。

大陸的中醫十分發達，不像台灣，學習推拿也有相對的中醫學院、科系，他經常都得用功到七晚八晚才能回去休息，所謂的「家」，也不過是個租賃而居的小套房罷了。那間小套房六坪不到，除了桌、椅、床鋪外，還有冰箱、冷氣與電視機，麻雀雖小，倒還五臟俱全。

一個平淡無奇的夜晚，如同往常，林其鬱拖著疲憊的身軀下課，才一進門，就往床上躺，連身上的衣服都懶得脫，動都不想再動一下，這跟剛吃完宵夜也有關係，血液都往胃部集中，又累，他只想好好睡個覺，偏偏渾身的臭汗逼得他得考慮洗澡的問題，陷入掙扎……他勉強睜開眼睛，望著前方，強迫自己起來走到浴室，突然，看見眼前的電視機裡出現一個倒影。那時候電視並沒有開機，所以螢幕就像是面鏡子，把他躺在床上的模樣照了出來。

奇怪的是，按照常理，鏡中的影像應該跟實體相反才對，可是從螢幕上看到的卻是他自己的背影，也就是說，鏡子的角度是從他背後照過來的。

起初，林其鬱一怔，當是自己活見鬼，嚇得睡意全消。畢竟那個背影就是他自己，過了一會兒也就不再害怕。但他想站起來時，卻又發現身體不聽使喚，動彈不得，心想「是不是鬼壓床呀？」不過又沒睡著，說是鬼壓床也牽強了些。冷靜下來後，再往螢幕上仔細打量，有了個主意，他動一動自己的腳趾頭，螢幕裡的背影，腳趾頭也跟著動了一動，確定那是他的背影（雖說不合常理），而非什麼靈魂出竅之類的。

便在還沒研究出是怎麼一回事時，另一個異象又出現了：林其鬱聽到了自己的聲音在房間內迴響。

「嘎！」嚇得他冷汗直流。

隱約聽見房內迴響的那個（自己的）聲音，彷彿播報新聞，拉哩拉雜講著一堆話，不過他聽不懂內容。

那些話像是針對他來的，像是在問他什麼。

不久，螢幕上那個屬於自己的背影漸漸淡去，他的身體也漸漸能動了，只剩房裡的那些聲音未退。他壯了壯膽，認真地傾聽那些斷斷續續的隻字片語：

「二〇五三……弓禾……石功力行……請求……回訊、回訊……」

除了二〇五三這個數字他聽得懂，其他像什麼弓禾、石功力行等等，他完全摸不著頭緒。至於「請求回訊」又是什麼意思，他自然更不明白了。

總之，聲音後來也沒了，摸摸自己渾身的冷汗，他起身踱步到浴室洗了個熱水澡，當自己剛剛是短暫失神，做了場夢。

發生這件怪事的隔天，不知道是犯煞還是倒楣，放學回家時，他又遇到了另一件怪事……

傍晚時分，出了車站剪票口，剛下馬路，路口便站著一名流浪漢衝著他來。他下意識迴避對方，閃往別的方向走，誰想那流浪漢卻老跟著，還「喂」、「喂」的叫。他不想理會，何況還得趕時間，誰想流浪漢難纏得緊，怎麼避都避不開。

「你叫林其鬱，對吧？」

對方這句話一出口，立即吸引林其鬱停下腳步，詫異眼前這流浪漢如何認識自己，身上並沒有會洩露姓名的東西呀，莫非流浪漢也是台灣來的？

流浪漢迎上前來，笑嘻嘻說：「你未來的命運，我都知道喔，真的，嘿嘿嘿……」

「原來是個算命的？」林其鬱倒盡胃口，也不想瞭解對方怎麼知道他的姓名了，邁開腳步繼續走。

流浪漢則緊跟著，還說：「你爸爸叫林良宏，媽媽叫郭淑妹，弟弟叫……」霹靂啪啦報了一遍林其鬱的家譜，還講得精準無比，毫無差錯。

林其鬱大吃一驚，這回已經不是好奇，而是憤怒：「你到底是誰？！」

流浪漢嘻皮笑臉地說：「我很會算命喲，你小時候出過車禍，頭上留有一道疤，我說中了吧？高中聯考你考砸了，最後心不甘、情不願地去唸五專，我說中了吧？你的前女友住在松山，我說中了吧？」對方如數家珍地一件一件抖開他的私事，很是得意。

林其鬱當時整個人都呆掉了。打量身前這個蓬頭垢面、衣衫襤褸的流浪漢，自己實在不認識，然而對方所說的大小事項，無一不中，不少還是非常私密的事，不由得心想：「會不會有人在玩我？」不過他清楚自己人在大陸，可能性很低。

熙來攘往的人群愈來愈多，林其鬱不想讓人看笑話，毅然撇開了對方、撇掉了疑問，自顧加快了腳步。

「喂！喂！」流浪漢卻不識相地跟了上來：「你將來會變得很有錢、很有錢喲，你知道嗎？你……」

因為那句「你將來會變得很有錢」，林其鬱而再次止步，回頭去凝視對方。流浪漢仍是一副得了便宜還賣乖的模樣，見他回頭，馬上又「屌」了起來，笑笑不語。

林其鬱搖頭苦笑，暗罵自己想發財想昏了頭，連瘋子的話都信，躊躇之際，回首再看——

那流浪漢已不見了。

他的視線在穿梭來往的擁擠人群中尋覓，卻說什麼也找不到流浪漢的蹤跡。

兩個星期後，林其鬱回到台灣，參加表哥婚禮。

宴席間，一位在精神病院擔任醫師的朋友，高談闊論起行醫的奇遇，其中有一段恰與林其鬱的遭遇有關：

「我們院裡有個病患，看起來跟其他病患很不相同，其他病患的怪異舉動啦、瘋言瘋語啦，這個病患全都沒有（為了敘述方便，我將之稱為P怪客）。查了檔案才曉得，P怪客是我們院裡的頭號重患呢。根據一些老同事的回憶，兩年前P怪客剛來的時候，是以粗暴聞名的，動不動就咬人耳朵、挖人眼珠，個性極為殘忍，講的話更是沒有一個人聽得懂。

他講的是一種很像國語的話，不知是哪一省的方言，腔調重的很。耐人尋味的是P怪客並非口齒不清或腦袋混亂，由於說話沒人聽得懂，所以才暴躁不安，甚至舉動暴力。我懷疑P怪客根本沒有精神病。

「很像國語的話」、「沒人聽得懂」，這些描述，深深吸引林其鬱的注意。

朋友又說：「我很想幫他，但是得暗中進行，因為我們院長人很古板，不好商量，對P怪客很有偏見。你們想，假使你不是神經病，卻被別人誤會，關在那種地方兩年了，只怕沒瘋也給逼瘋啦。衝著這份職業良心，我開始展開與P怪客的晤談……」

P怪客的身分始終是個謎，最初是在台中火車站附近裸奔，騷擾行人，才被管區逮個正著，送來這裡。他沒有身分相關證件、沒有指紋檔案、沒有地址、更沒有人來指認，說的話又沒人聽得懂，完全符合神經病的「要件」。許多人都想問出他的姓名，這是很多精神病患還能回答的問題，偏偏對P怪客而言，連這個問題都成了無解的謎團。

「剛開始晤談的時候，P怪客很有敵意，大概是被其他醫師整了不少次吧，誰叫他有暴力傾向呢。花了我一番工夫後，他才看懂了我的肢體語言（P怪客亦聽不懂別人說的話），向我表示友好。博取了他的信任，他才慢慢降低自我保護，開口講話。距離他上一次開口的時間已經有兩個多月了。

我很仔細聆聽他的話，當他發現第一次有人願意聆聽他講話時，好感動哇，還降慢了說話的速度，外帶手勢，很想解釋自己話裡的含意，讓我聽懂。我跟他中間隔著一張桌子，桌上有紙筆，我在紙上畫了一個問號，他看了以後嘰哩咕嚕說了一堆、寫了一堆，其中有幾個字好像是中文的編號或代碼之類的，其餘的就無法看懂了，他在紙上寫寫畫畫的那堆很像中文方塊字的符號，有些還是簡單的機械圖形。」

這場所謂的「晤談」就在這種溝而不通的情形下結束。

而且成了最後一次。

幾天後，P怪客便失蹤了。醫院的警衛堅稱P怪客是偷了一支別針，解開房門鎖，再趁機逃逸的。林其鬱的那位醫師朋友對於院方的這種說法，完全無法接受，然而他又能怎麼樣呢？指責警衛失職？還是報警去找這名沒身分、沒人關心的患者？

有人問：「他會不會是外國人呀，亞洲有一些國家，他們的語言有部分跟中文很像，比如說韓國話啦、泰國話啦。」

那位醫師朋友回答：「沒看過豬走路，也吃過豬肉吧，我雖然不會韓國話、泰國話，也知道韓國話、泰國話是什麼腔調呀，他若是世界上某個國家的人，難道會連地球人基本能瞭解的手勢或符號都不懂嗎？至少他有親友可以聯絡吧。」

「所以你猜他是外星人囉？」「哎呀，搞不好對方真是個瘋子，有什麼值得研究的。」「說不定他是個聰明的妄想症患者，在耍你騙你哩。」

眾人議論紛紛，卻是不了了之。

那年是林其鬱在大陸學習的最後一個學期，回到大陸不久，他也畢業了，再也沒機會有那一晚的「奇遇」，也沒碰過那個流浪漢。

「嘎？說完了？」小熙失望的問。

林其鬱點點頭。

小熙不滿：「這也太沒頭沒尾了吧。」

林其鬱雙手一攤：「但卻是千真萬確的親身經歷。」

小熙轉問海因澈：「你說哩？」

海因澈苦笑：「或許，數百年後，人類的文明有了突破性的進展，時光旅行成為可能，後代人類藉由時光旅行回到現代，陰錯陽差，與林其鬱有了接觸。不知道什麼原因，時光旅行存在著某些限制，不像電影演的那樣厲害，未來人僅能透過頻道傳送語音訊息（林其鬱聽到的那些聲音），由於相隔數百年，人類的語言也有了許多改變，即使是中文的普通話，林其鬱也聽不懂了。此外，它還改變了力場，造成林其鬱目睹的那些怪現象。」

小熙冷哼：「胡扯。那個P怪客呢？」

海因澈說：「P怪客呀，可能也是上述理論的例子，他是未來人，來到現代的世界，說的話沒人聽得懂，寫的字也沒人看得懂，一旦獲得未來的某種救援，P怪客又回到屬於他的時空，從我們的眼光來看，他是憑空消失了。」

小熙逼問說：「那個流浪漢呢？為什麼能對林其鬱那麼瞭解？因為他也是未來的人，你乾脆說他是林其鬱的子孫吧。」

海因澈故做誇張的指著小熙說：「欸，搞不好被妳猜中了喲。」

小熙伸出拳頭，做勢打人呢。

09
難逃一死

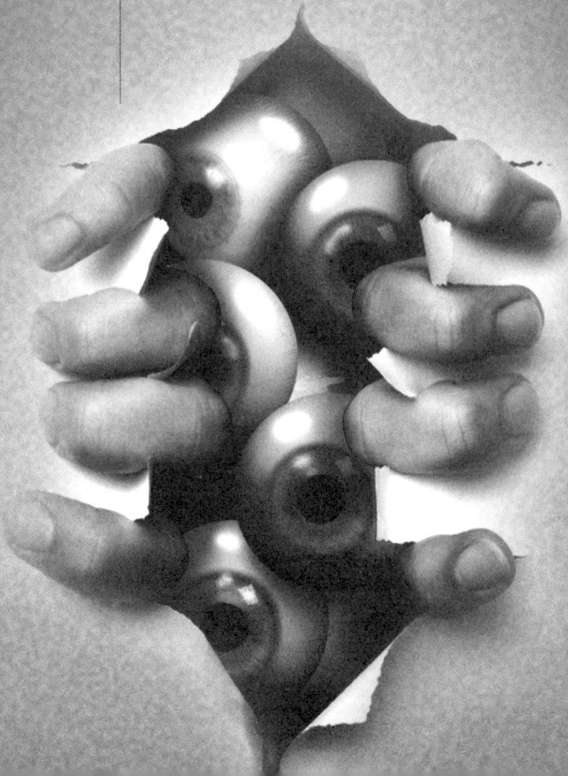

言歸正傳，這件世紀連續殺人案依舊「火紅」，引人注目。林良宏的安危也還沒有個定論。

小熙在林良宏的身邊「當班」了幾天，並未派上用場。

直到某一個週末夜……

林家的信箱裡，無端多了一份牛皮紙信封，B4的大小，惹人疑猜。保鑣們拿到手後，直接送到小熙與林其鬱面前。

「就這？」小熙當然好奇了，準備打開——

林其鬱趕緊阻止：「等一下！妳只想到我爸看了會出事，有沒有想過，妳也可能會出事呀。」

「我？出事？對方的目標又不是我。」

「可是妳在保護我爸，萬一，他想先把妳除掉呢？」

的確，這番話不無道理。

小熙問：「那怎麼辦？」

林其鬱二話不說，拿起打火機就把那信封燒了，扔進了垃圾桶裡。

稍後海因澈趕來時，聽了二人提及……「嗯，其鬱做得沒錯，那東西不看也罷，燒了乾脆。」

小熙則說：「這次對方沒用催眠術要我們，讓我們直接燒信，下次，如果他先催眠大家，騙我們相信這是一份重要的文件，我們還敢燒嗎？我是覺得他不會殺我啦，讓我看一下會怎樣？我都拿了林桑的薪水了……」

海因澈問：「妳所謂的『他』是誰？」

「傅樂奇呀。」

海因澈搖了搖頭：「我也覺得傅樂奇不會殺妳，問題在於，他不是那個幫兇，幫兇另有其人。」

「另有其人？誰？」

「對了，」海因澈轉向林其鬱詢問：「你家門口裝了監視器吧？」

林其鬱得意笑笑：「我知道你要說什麼，已經叫人去弄了，等一下就可以播放出來啦。」

差不多過得十分鐘，海因澈三人聚在電視螢光幕前凝視，目睹那封信被放進信箱的過程，這不看還好，一看之下，無不瞠目結舌、膽顫心驚——那份牛皮紙信封是「自己」飄進信箱裡的！

林其鬱當場說出了上半句：「原來，廖中俊的幫兇……」

「不是活人，而是鬼。」海因澈接了下半句。

向來調皮的小熙也神色嚴肅的沉吟：「真是這樣，那有好也有壞，好的是，我們不必擔心催眠問題了，因為鬼是沒辦法催眠人的。壞的是……鬼是無孔不入的，要怎麼預防它的偷襲呢？」

林其鬱納悶：「既然無孔不入，又為什麼要把這幅殺人畫放進信箱？讓我們還有燒掉的機會？」

海因澈突然想到了什麼，急問：「林桑是不是回房間睡了？」

林其鬱看看手錶：「嗯，早在睡了。」

海因澈變了臉色說：「糟了，這可能是調虎離山計。對方想把我們的注意力全都引到這來。」

「這一陣子，我爸的房門外都會加派一名保鑣，應該沒——」

轟隆！就在三個人說話間，三樓主臥室方向傳來爆炸巨響。海因澈等人趕緊衝了上去。

匆忙間，海因澈問：「其鬱，你家該不會藏了什麼爆裂物吧？」

林其鬱支吾其詞：「我爸他……可能在書房藏了幾顆手榴彈，」看著海因澈喃喃問：「你說，這是炸彈爆炸嗎？」

林良宏自作聰明，在臥室旁邊的所謂書房（流氓還搞書房？哈。）裡藏了些非法軍火，例如手槍、子彈、手榴彈等，而剛剛的爆炸，事後也證明確實是因此造成的。爆炸威力驚人，除了書房被炸坍了外，氣爆沿著天花板上的空調管直接衝入臥室，把林良宏整個人轟出窗外。

警方獲報趕到，只能在林宅四周搜尋散落的屍塊：林良宏的頭顱、手與腳，甚至屍體的軀幹，始終未能尋獲。

凌晨五點，一名警察撿到一張燒焦1/3的素描畫，交到盧如運手中。

畫中正是林良宏的臉，眼神痴呆、頭髮與臉部焦黑、嘴巴微張，擺明了是跟死屍同樣。

盧如運把它轉給身旁的海因澈看。

「又是一張殺人畫。」

盧如運冷哼：「你還說那個傅樂奇沒有涉案，這些畫不都是他畫的？」

海因澈嘆氣。

小熙這時走了過來，說：「那個鬼魂一定是趁我們去看監視錄影帶時，偷偷把畫從房門裡塞入的，林桑撿起來看，結果……」

海因澈問：「其鬱呢？」

「在陪他媽媽。」

「阿媼（伯母）人還好嗎？」

「還好耶，毫髮無傷。」

林良宏夫婦是睡同一張床的，海因澈不禁搖頭苦笑。

盧如運也問：「小熙呀，那林家那個保鑣呢？」

小熙指著不遠處救護人員抬的擔架：「他也受傷了唄，傷得還不輕呢，聽說大面積的三度灼傷。」

海因澈與盧如運循向去看……海因澈問：「盧sir，專案小組如果知道這件事，會不會就解散啦？」

「解散是不至於啦，還有個幫兇嘛，雖然……（他是想說，雖然幫兇是鬼。）」

「你得小心，我總覺得，」海因澈憂心忡忡：「廖中俊不會只想就這樣結束，應該還有別的企圖。」

「別的企圖？什麼企圖？」

海因澈搖搖頭：「唉，我也不知道。」

林良宏遺失的軀幹（屍塊）始終成謎，而謎底，也隨著最後一張拍立得相片出現時揭曉。那張照片是被「放進」某個粗心大意的刑警身上，在他檔案夾裡的，當他打開檔案夾時，差點嚇得撇尿。照片裡的情景跟前四張相同，柏油路面是兇手用白色粉筆畫的人形，如今，人形的四肢軀幹已經擺滿了死者的屍塊，拼出了整具屍體——只差個頭。照片背後寫的文字也相同，唯一不同的是最後一句沒寫這是第幾個。

猜猜看這張相片是誰放進檔案夾裡的？嘿嘿，正是我。而「鼓勵」我這麼做的就是那個穿了白色連帽T恤、遮頭蓋臉的鬼魂。也罷，不必再賣無聊關子了，它就是廖學文的鬼魂。

「這種感覺很棒吧？」它問。

我笑笑點頭。跟它在一起，比跟老昌、蘇ㄟ有趣多了，我也疏遠了它們。

廖學文湊近我又問：「想不想玩更大一點的？」

「當然，」我沉吟：「可是我只能移動名片這種小東西，大一點的，就有困難了。」

「放心，我會教你的。」

教我？呵呵，那當然好囉。只要想到可以重新接觸陽間，我就有種說不出的興奮，感覺好像……復活了。

專案小組一如盧如運說的，並未解散，可是那是表面上，骨子裡他們已經很少運作了。尤其是當數字週刊登出了廖學文的故事後。那是一個悲慘的故事、真實的故事，發生在台灣的故事——

廖學文是個年輕人，生前，他雖然常常失業，卻沒有墮落，只是還在苦尋人生的方向。

那個夜晚，林良宏的么子、林其鬱的弟弟林其優搶了一家銀樓，大概為了買毒品吧。林其優在馬路上狂奔快跑，消失在熙來攘往的人群中。同時間，廖學文也出現在附近買宵夜。

「目擊證人」鄭持身跳了出來，說他目睹了搶犯的臉。當警方將林其優帶到警局時，鄭持身否認了他的涉案。倒楣的廖學文由於相貌與林其優相似，正巧又出現在監視錄影帶中，於是也被帶來指認。鄭持身受到林良宏的委託，急於找替死鬼，竟堅稱廖學文才是搶犯。遭搶的銀樓老闆更在林良宏的威逼利誘下附議。

審判呈現一面倒之勢。

然而，所有的指紋與間接證據（林其優的吸毒反應）都否定了廖的涉案，指向了林的犯行，判決的關鍵就交到了定讞法官張大文的手裡。張大文沒有收錢，他只是懶散，隨便結案，判了廖學文有罪。

就這樣，一個好好的年輕人，無端被送進了監獄。

更慘的是廖學文還跟姚嘉任關在同一間牢房。

姚嘉任是個性變態的社會邊緣人，對於「雞姦」特別感興趣，一進牢裡，便積極地搜尋目標，廖學文這樣一個好欺負的菜鳥，正好成了姚的菜，受了姚的害。

在那一次又一次的屈辱與痛苦中，一次又一次的申訴無門，廖學文也自殺了一次又一次……不幸的是，都被救活囉。

這樣的廖學文很快就精神失常，瘋了。

出獄後他無法回家，直接進了精神療養院。

是命運的捉弄，還是上蒼的遺棄，主治醫師李子敬正與藥商配合，開發一種新的精神治藥，需要有人「志願」參加實驗。李子敬挑上了廖學文等人，在半哄半騙下給藥。廖學文服藥後的反應很糟，從一個精神分裂患者，變成多重精神病患者。李子敬擔心惹上官司，還把廖學文趕出療養院。

出院後的廖學文很快就自殺了。

廖中俊慢慢釐清了所有真相，曉得獨生兒子的死，全都是得自林其優、林良宏、鄭持身、張大文、姚嘉任、李子敬等人，於是決定報仇，用他的手法，將這些人一個個殺害。

廖中俊被押往地院開庭的那天，大批媒體自然守候在地院門口，等著問廢話。

不過，記者們沒有得逞……

我陪在廖中俊身旁，陪在囚車裡。在車裡的還有廖學文的鬼魂。

車子發動不久，廖學文便將偷得的鑰匙偷偷「遞」給廖中俊，我則將一只小鈴鐺遞去。廖中俊一邊打開手銬，一邊搖鈴，凝視著左邊那名警察，把他催眠了。在那名警察眼裡，廖中俊成了同事，坐在廖中俊右邊的那名警察反成了廖中俊。廖中俊反手將手銬銬住右邊那名警察時，車裡頓時一片混亂，囚車不得不停下。

廖中俊沒有倉皇逃跑，他是大搖大擺開門下車的。

原本坐他左邊那名警察持槍壓制了其他人，因為被催眠了，那名警察把其他人都當成劫囚的惡煞。

槍林彈雨下，廖中俊消失無蹤。負責押解的警方則一死兩重傷。

消息傳到盧如運耳裡，接著，又從盧如運口中傳到了海因澈住處。而我，也回到了海因澈身邊。

小熙還沒回家，留宿台南，來找海因澈時聽了轉述……「這個廖中俊真不是東西，自己不是說過，只要真相大白，他就自首，現在真相已經大白啦，該死的人也都死啦，他還從警方手裡脫逃，不講信用嘛。」

陷入長考的海因澈一直沉默。

「喂，」小熙拍了海因澈肩膀一下：「怎不說話？」

海因澈眉頭鎖得很緊：「要是廖中俊並不是不講信用呢？要是他……要殺的目標還沒殺完呢？」

「不說要殺五個人的？已經死了五個啦。」

海因澈搖頭：「他說他要殺死五個人，可是他只殺了四個，第五個（林良宏）不是他殺的。」

「那還不是一樣，是他的幫手殺的。」

「不，不一樣。林良宏是為了保護自己的不肖子，才會勾結鄭持身做偽證，做法雖然有錯，用心卻跟廖中俊一致，都是愛子心切，我實在不認為廖中俊要殺的人是他。」

「那不然ㄋ，難道該殺的是其鬱？」

「該殺的是他弟弟，林其優。」

「林其優已經死啦。」

海因澈眼神轉趨鋒利：「那是其鬱說的，誰知道是真是假。」拿起手機，撥給了盧如運，立刻打聽林其優的死亡證明……

我比海因澈要快一步，早已從廖學文這邊得知林其優沒死。

那傢伙吸毒吸到頭殼壞去，成了植物人，正躺在鄉下某家療養院的病床上，跟死了沒什麼差別。或許因為這樣，林良宏父子根本沒把他當成保護的對象。當然啦，海因澈的判斷完全正確，想殺林良宏的是廖學文，而非廖中俊，廖中俊另有計畫。

「怎麼樣？」剛剛獲知林其優還沒死的小熙忙問。

海因澈掛斷手機：「查到療養院的地址了，盧如運要我到樓下的seven等他的車。」

「我也要去！」

海因澈苦笑：「都讓妳知道了，能不讓你去嗎？一起走吧。」

盧如運還是不敢帶著大隊人馬殺到，他實在很怕要跟其餘同事「分享」這種怪力亂神的場面，唯一跟他前來的只有阿凱。車子開到超商門口，接應海因澈與小熙上了後座，疾馳而去。

那棟療養院雖在鄉下，看來頗為豪華，有點像是別墅。

一行人來到大廳服務處詢問，多虧有盧如運陪同，警徽還滿好用的，否則院方還不願說出林其優的病房呢。

病房位於三樓一個像VIP的區塊，當真是窗明几淨，裝潢充滿了設計感。

然而，再漂亮的病房，裡頭裝的也是個活像殭屍的人罷了——

林其優瘦得皮包骨，雙眼空洞無神，頭髮也被理光，僵躺在床上的維生系統之中。

盧如運看了冷笑：「我要是廖中俊，就不會來殺這傢伙，讓這傢伙活下去就是對他最大的懲罰。」

小熙與阿凱一旁呼應：「真的。」「說得好。」

海因澈環顧四周：「這裡的保全做得不錯，如果你們再加派一點人手，廖中俊一來，肯定束手就擒。」

盧如運苦笑：「他要是又搞催眠那一套呢？」

海因澈挪挪下巴，指指小熙。

盧如運看懂了意思：「小熙妳願意幫忙，那就太好了。」

小熙噘了噘嘴：「上回我保護的人（林良宏）最後還不是難逃一死。」言下之意頗為遺憾。

海因澈安慰她說：「來的要是廖中俊，絕不是妳李勿熙的對手。」

「來的要是他那個死鬼幫手哩？」

海因澈笑笑：「放心吧，上回沒料到是鬼，這回，我已經有了準備，來的若是鬼，也能叫對方失敗而歸。」

盧如運與阿凱一旁聽了可不高興，心底大概都想：嘎？來的可能是鬼？！

至於身為鬼魂的我，滿心都是好奇，我看看廖學文，它的表情也很好奇，好奇中甚至還帶有一點……不屑。

10 回魂

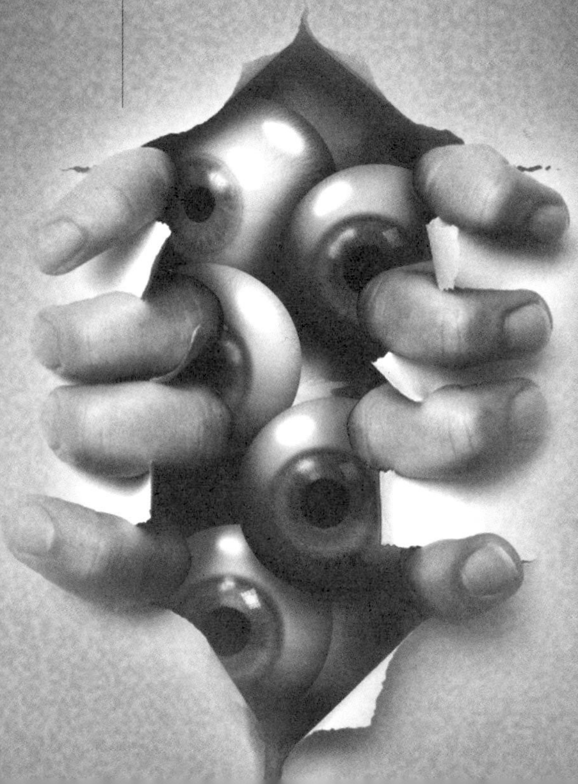

海因澈所謂的準備究竟是什麼？下午的時候，阿卿出現在療養院門口時，我才明白。廖學文當然知道阿卿是什麼樣的人，它可是被阿卿召過魂的呢。

這天，阿卿依舊穿的很年輕、時髦，姿態也很優雅，她頭髮剪短了，顯得更俐落，波西米亞式的休閒風，像是涼鞋、流蘇提包、誇張的項鍊、刺繡小罩衫及華麗民俗風的長裙，把她五十歲的年紀全給遮蓋住，沒人猜得到她還是一個廟婆。

老菸槍手裡正叼著一管菸ㄌ。

打完招呼，海因澈說：「……住的問題妳放心，我在附近幫妳跟小熙找到了不錯的旅社，只是不知道該怎麼安排時間才好，對手隨時都可能到。」

阿卿一派輕鬆的說：「不用麻煩啦，我在病房裡打個地鋪就行了。」

海因澈回頭去看小熙。

小熙噘嘴了：「盧sir不能跟院方講好，在隔壁開一間病房給我們？」

盧如運兩手一攤：「院方就說啦，左右隔壁都滿房了，對門那間是留給我們警方用的，那不然……妳來我們那間睡？」

「我才不要。」小熙鼓著腮幫子，氣呼呼走回療養院內。

接下來的兩天，這票人成了療養院的常客，林其優的四周也變得熱鬧起來，人來人往的。

專案小組更派來三個人，輪流監視療養院內外與病房門口。

盧如運與阿凱壓陣，盧如運輪早班，阿凱輪晚班，各十二個小時。

海因澈呢？這個宅男，還是下午過後才過來，搭阿凱的順風車，然後再搭盧如運的車回市區，睡在自己的床上舒服過夜。

他們本來以為要過很久，等大家都疲憊、放棄了，事情才會發生。

廖學文卻沒這個耐性，「安排」妥當，就動手了。而我也準備幫它跟廖中俊一把。

第三天深夜，打地舖睡了兩天覺的小熙已經累壞啦，打鼾的聲音比維生系統的聲響還大。於是我跟廖中俊打了暗號。廖中俊開著「借」來的車，來到療養院停車場，他口袋裡藏著符咒，手腕掛著一只鈴鐺，大落落下車，推著一台擔架，進了療養院內……

負責看管監視器的警察哩？呵呵，由我負責，螢光幕上一有廖中俊的身影，我就拔掉電線，讓那警察看不見。

就這樣，廖中俊推著擔架進入電梯、來到三樓、出了電梯、靠近這裡。

沒有人注意，也沒有人攔阻。

監視器一接了電，我又拔掉監視器的連結線，接回了線，我又關掉螢幕的on鍵，可憐那警察都快被我搞瘋了，直到廖中俊推著擔架躲入附近一間病房裡，我才住手。

「真是見鬼了。」那警察忙著修理監視器，抱怨嘀咕。

廖中俊掀開擔架上覆蓋的白布，裡頭全是冰凍的屍塊，這一趟路，屍塊多少都解凍了，冰水、血水與污水開始滲流。他也不管房內還有一位不相干的植物人患者躺著，反鎖房門後，便在地面將那些屍塊拼湊擺放……張大文的右臂、鄭持身的左臂、林良宏的軀幹、姚嘉任的右腿、李子敬的左腿，最後，拼上的是廖學文的頭顱。

淡藍色的月光下，這具屍體顯得格外恐怖，好比一具醜惡破爛的大娃娃，也好比電影裡的科學怪人。

廖中俊看了一看，似很滿意，取出一張符咒，塞入廖學文頭顱的嘴裡。

接著，鈴鐺聲又傳來了，卻不是廖中俊手裡的。

我循聲去看（鬼魂飄蕩的速度很快喲），竟在療養院的陽台上，看見阿卿正在作法。才想回去告訴廖學文——

廖學文已經在我身後，悠哉微笑。

「她知道我們來了耶。」

「沒關係。」

「你曉得她做的是什麼法術？」

廖學文點了點頭：「她在幫人回魂，這是她的專長。」是召魂的儀式。黑暗的夜風裡，阿卿手裡拎著一只銅鈴，輕搖輕晃。我想起廖中俊塞入廖學文屍體頭顱嘴裡的符紙，似乎是阿卿慣用的樣式。她迎風站立，身上的衣服狂飄翻飛，手中銅鈴叮噹亂響，口裡仍是唸唸有詞……

「你不怕？」我問。

廖學文笑：「怕？我幹嘛怕？」

我不解。阿卿不是海因澈那邊的人嗎？是你廖學文的敵人呀。

「你先到下面三樓去，看著那個植物人（林其優），等會兒你就明白。」它說。

「那你呢？」

「等會兒我跟你在那碰面。」

好吧，既然它這樣說，我就照做了。

凌晨一點多，護士踩著疲憊的腳步在走廊上，經過林其優的病房門前時，被裡頭的聲響所吸引，病房裡，燈光是黯淡的，當護士的視線移到床上時，差點沒嚇死——

林其優竟在床上顫癲癲坐了起來。那個像殭屍一般的男人。

目瞪口呆的護士趕緊去敲警方駐守的病房：「警察先生，警察先生！」

阿凱等人開了門。

「你們快看，他、他醒了！」護士隨後跑去向值班醫生報告。

這下子，小熙也沒法睡了。

房裡很快就擠滿了人，醫生、護士與警察。

而林其優也很快就能自行下床，吃力的站起來了，短期之內，他應該還沒辦法走路，現在他能做的，就是趴在垃圾桶邊嘔吐，吐完一次又一次。讓護士忙得不可開交。

小熙看了看錶：「天啊，真會選時間。」

阿凱也說：「是啊，這時候要通知他的家人也嫌太晚。」

「應該說是太早才對。」

「那怎麼辦？」

小熙伸了伸懶腰：「繼續睡囉。」

阿凱好心的說：「311那間病房今天清理好了，妳可以去那邊睡覺，睡床鋪比較舒服。」

小熙嫌惡說：「我才不睡死過人的床。」

「沒有，那是院方剛買的新床，幫妳問過了。」

「真的？好，那我去睡了。」小熙喜形於色，拎著枕頭與棉被，快步出門。

「喂，是311，別跑錯了地方。」

而在醫生與護士來去之間，我所看到的，卻非坐在床沿正被檢查的林其優，而是附在他軀殼裡的廖學文。

事情明朗了。

這就是廖中俊的計畫。拼屍的目的，並非要羞辱死者，而是在作法。類似的法術我曾看過（請讀者參閱第二集），應該是龍瓏教授傅樂奇，傅樂奇再吩咐廖中俊的，廖中俊不但要報復仇人，更要從仇人的身上討回他所失去的——

獨子廖學文的人生。

恰好，借用萬惡的根源：林其優的軀體。

翌日一早，海因澈與盧如運突然早到。我猜是小熙或阿凱通知的。

「人哩？」

病房裡已經不見林其優。

值班護士說：「他被家人接走囉。」

海因澈則問：「原本睡在這裡的兩位小姐呢？」

兩位小姐？阿卿跟「小姐」這個稱呼應該不搭吧。

護士說：「昨天晚上她們就不在了。」

「小熙昨晚到311去睡。」阿凱一旁說。

海因澈於是去311查看，經過某間房門閉鎖的病房時，被一陣屍臭給吸引，他想推門，卻推不開，正巧一名護士走來，於是指著門說：「護士小姐，幫幫我，這間病房反鎖啦。」

護士抱怨：「誰鎖啦？病房門是不可以鎖的。」

房門打開後，地面滿是惡臭的屍水，至於屍塊，早被廖中俊帶走了。地上留的有一張拍立得相片。相片內的情景跟前幾張相同，柏油路面是兇手用白色粉筆畫的人形，人形的內側擺滿了六位死者（包括廖學文）的頭顱、軀幹與四肢。這當然是廖中俊來到這裡之前拍的。照片背後寫的文字已經改成：大功告成了。

海因澈擔心小熙，趕緊衝出房門，趕到311，311裡除了小熙外，還有阿卿。

「妳們沒事吧？」

小熙走到海因澈身旁說：「阿卿姊剛剛跟我承認，她幫了傅樂奇的忙，替廖中俊的兒子還魂了。」

海因澈一愣，轉向阿卿。

阿卿淡淡的笑：「你還記得那個植物人的故事？一個年輕的太太。」阿卿指的是先前海因澈說給盧如運聽的故事。（作者按：本書01）

海因澈說：「以前妳幫人還魂，總是功敗垂成，不知是哪裡出了問題，那些受過妳幫助的植物人往往還魂幾小時後就死了，雖然還能清醒一陣子，卻也不免遺憾。」

阿卿交出一張符紙：「這是傅樂奇給我的，他說我的還魂法術，缺的就是這張符。」

海因澈接過去看，符紙上畫的是廖學文的素描，海因澈的眉宇間從一團疑惑（鎖眉）漸漸變成了豁然開朗（亮眼），驚問：「妳是說……妳是說他除了可以用畫殺人，還能用畫讓人還魂？！」不敢置信的回頭去看小熙。

阿卿用微笑代替回答：「所以囉，我能不心動？能不幫他一個忙，交換這種技術？」

海因澈不悅地說：「可是妳還的不是林其優的魂，是廖學文的魂呀。」

阿卿冷笑：「姓林的是個渾蛋，我把他的身體借給一個好人使用，有什麼不對嗎？這叫正義。」

「這叫背叛！」小熙一旁打岔：「而且，妳也犯了法。」

阿卿照照房裡的鏡子，順順頭髮，準備走人了：「我犯了什麼法？警方要拿什麼起訴我？這些怪力亂神的東西，只有妳我三人相信，上不了法庭的。」走近拍拍海因澈的肩膀，「算我對不起你，不過，我也可以稍稍彌補一下。」從口袋掏出了一張紙給海因澈，「廖中俊父子就藏在這地址，用點腦筋，你們就能活捉他們。」說完這話，她陪上一笑，轉身離開。

海因澈也沒報警抓人。

過幾天……

台南縣一處偏僻的農舍，天剛破曉，花田裡便有十幾個頭在鑽動。可不是花農喲，是警察。其中一名刑警正是盧如運。

狗吠聲此起彼落，好在，附近高速公路的車流聲響還壓得住。

一名頭戴鴨舌帽的人騎著腳踏車到了農舍門口，停車敲門：「掛號！」

腳踏車不時發出叮噹鈴響。

不一會兒，農舍大門打開，走出一名歐巴桑：「掛號喲？誰的？」

「他。」腳踏車騎士指著手裡一張相片。

歐巴桑問：「阿我幫他收可不可以？」

騎士反問：「他在裡面嗎？他在才可以。」

「在呀在呀。」

騎士立刻高舉手來，大角度的揮了一下。

「警察——」頓時間，大批警察衝出埋伏的花田，湧入農舍。

那歐巴桑也被推到了一邊。

腳踏車騎士將鴨舌帽取下，露出了一頭飄逸長髮，是小熙。這回，輪到小熙用催眠術回報廖中俊父子了。

農舍不算大，傳統的兩院三廂四房，警方很快就掌握並包圍了。

廖中俊在床上驚醒時被逮。

盧如運看他還想轉身去拿鈴鐺，上前一巴掌拍落，破口大罵：「幹！你還想玩這個呀？嗯！不是說要自首嗎？不是說要自首的麼！」還賞了人家一巴掌。

兩名刑警趕緊過來把廖中俊架了起床、戴上手銬。

「盧ㄟ，」阿凱跑了過來回報：「找不到那個林（其優）……他兒子耶。」

盧如運一愣，低聲啐罵。

廖中俊面無表情，看來很是冷靜。

農舍後門附近的一條巷子，有個年輕人跳上一輛50c.c.機車，準備發動。機車後座，突然有一股落座的力道，一條手臂插進年輕人的上衣口袋，另一條手臂扯去年輕人手腕的掛鈴。

年輕人動作遲緩的回頭去瞧後座上的人是誰，那人正是海因澈。

海因澈笑笑：「你好，廖學文。」

這年輕人就是林其優，或者說是……廖學文。

廖學文回以苦笑，關了油門，踹下了腳架，走下了車。

海因澈倒是大大方方的保持坐姿。

廖學文問：「我都用了催眠術，你還找得到我？」

海因澈拿出一張摺疊的畫紙，交給廖學文做為答案。

廖學文納悶的打開一看，詫異的圓睜雙眼：「這是真的？！」

海因澈點了點頭，隨即悠然下車：「快走吧。」

「你不抓我？」

「就算你落網，警方也不能對你怎樣，法律上來說，你還是林其優，林其優並沒犯法。」

廖學文又是苦笑，頓了一頓，把畫收好，然後重新跨上機車，發動離去。

廖中俊「再度」被逮的消息，很快就見報了，成了各大新聞台的頭條。同樣的戲碼再度上演一遍：上百名腦殘的記者活像看到飼料的大肚魚，蜂擁而上：「廖中俊你殺那麼多人，是為了替兒子報仇嗎？（廢話）」「你兒子是被這個社會害死的嗎？（蠢話）」「這幾年你都在計畫報仇嗎？你後不後悔？（笨話）」「你現在是什麼感覺？」

感你媽啦！如果是我，我就這麼回答。

廖中俊仍是不發一言。

偵訊過程也漫長的讓人懶得描述……

無論如何，這件世紀奇案到此告一段落：警方逮捕了兇手，兇手也殺光了他想殺的人。正義，是兇手自己要到的，真相，是媒體偷偷查出的。

我去找了廖學文一趟。

廖學文脫身後，留長了頭髮、吃胖了身材，也找回了健康，肢體動作慢慢的有正常人的水準。說來諷刺，一窮二白的他，暗中受到的資助竟是來自林其鬱。林其鬱的父兄都是被廖學文父子殺的，廖更霸佔了林其優的軀殼，可是從海因澈那裡得知一切後，林其鬱還這樣做。我想，林其鬱是想替父兄贖罪吧，況且，廖學文畢竟長得就是林其優的樣子，就某方面而言，仍算是林家的人。

在北部某大學的法學院裡，我找到廖。

「你是說真的假的？」校園小徑裡，一名脖子經常痠痛的女學生問。

跟她同行的廖學文笑說：「真的啦，只要妳回家一趟，掃掃妳外婆的墓，保證妳不再痠痛。」

我看那女生的背上正趴著一名老婦人的鬼魂，心底若有所悟。

女孩還問：「我是不是遇到了不乾淨的東西？」

「不是啦，」廖學文笑笑：「只是妳的外婆想念妳，希望妳能回去看看她而已啦。」

那一刻起，我明白了，廖學文已經成了一名畫鬼師。

也明白海因澈給的那張畫，內容是什麼，多半是……畫了廖學文身旁多了一道鬼魂之類的。至於那道鬼魂是誰呢？我想最「有趣」的答案，不外乎就是林其優了。呵呵。

有所謂二女共侍一夫，這叫不叫「兩魂共用一體」？有趣。

唯一無趣的是回到人間的廖學文再也不能跟我交談了，我很快就發現，他聽不到我說話，也不跟我說話了。

唉，少了一個朋友囉。

曾想鬧一鬧他，不過，老實講，我不太想讓他看到我的存在，誰曉得這個奸詐鬼還藏了什麼「步數」？誰曉得他會不會對付我？

我又回到了海因澈身邊。

這天，海因澈依舊孤零零一個人開門做生意，替預約的患者推拿。

依舊他規律的生活。

窗外那個紙片人女鬼，也不稀罕我了，經過它時，都不多看我一眼。是啊，做人的時候總覺得活著無聊，死了才曉得，做鬼更無聊。

正在悶的時候，一張熟悉的臉孔到訪，是林其鬱。咱們的憂鬱王子來啦。

海因澈熱情迎接……（剛好他也沒患者）

不出所料，林其鬱先問到了小熙：「她回去囉？」

海因澈一愣：「怎麼？她沒跟你講啊？至少你有她的手機號碼吧。」

「她……她很難捉摸，好難追呀。」林其鬱苦笑。

海因澈則是大笑：「這種事你不能問我，我也是個情場菜鳥。」頓了一頓，收住笑容，「你爸的葬禮我沒去，很歹勢。」

林其鬱搖了搖手：「沒關係啦，你也送了禮金不是，可以了啦。」

海因澈忽然有感而發的嘆了口氣：「總覺得『那件事情』還有什麼東西沒處理好，沒有真的解決掉。」

那件事情指的應該是廖中俊殺人案。

林其鬱說：「這我倒是可以告訴你為什麼。」

「喔？為什麼？」

「因為有一個人成了漏網之魚，傅樂奇。」

海因澈無言。我想，他也同意吧。

「如果沒有他，廖中俊父子哪來的這些本事殺人、還魂？最初，廖中俊一定是找上他，才能開始他的復仇計畫。」

海因澈呢喃自語：「也許……」

「澈ㄚ，」林其鬱身子前傾、表情嚴肅的問：「有沒有想過，為什麼同樣身為畫鬼師，我們會被傅樂奇玩弄於股掌間？最關鍵的原因是，他懂得法術，我們不懂，所以，我們也應該去學法術才對，你同意麼？」

海因澈反問：「法術？你想去哪學？」

「大陸。那邊奇人很多，我有一個門路。」

「跟我說這些，是想我陪你去？」

林其鬱點點頭。

海因澈沉吟：「我考慮考慮。」

接著雙方又聊了一會兒……

下午四點多，林其鬱才起身告別，臨走前，還不忘惦記著說：「學習法術的計畫，我打算下個月出發，等你答覆。放心吧，吃住全看我的，你最多就是犧牲一點收入，學習時間以你能接受的期間為限，一個月也行。」

「別再說了，」海因澈笑了出來：「我都心動了呢。」

林其鬱走後，海因澈站在客廳裡發呆了好久，我想，他是真的心動了，或許下個月就不能再在這裡看見他。

但我不會寂寞。

現在的我，已經學會了如何觸摸、移動陽間的實物，照這樣練習下去，我在陰間的力量會比海因澈在陽間的力量還要巨大。我可以隨心所欲的讓一棟房子「鬧鬼」，讓一個活人死亡（比方說將他或她推入火車駛入的月台下），簡單的講，我可以為所欲為。

現在的我正飄浮在海因澈所住的公寓大樓樓頂，俯瞰市區，那些來來往往的人、車，男女老幼，統統是我玩弄的標的，只要我想，我就能弄。他們全成了我菜單上的菜色。

我終於領悟了一個道理：有時候，死了比活著更好。

呵呵呵，那麼，接下來的日子，我要從哪裡下手？從哪裡開始玩？先把當初讓我受到法律制裁的人弄死嗎？咦？那個人不就是海因澈嗎？哈哈哈哈，事情愈來愈有趣了。不，即使是死了，我對男人還是不感興趣，我比較喜歡女人，嘿！李勿熙，小熙，或許是個不錯的對象。

我要開始想些玩弄活人的手法了……

國家圖書館出版品預行編目資料

畫鬼師─殺人畫／余爲魄著.
－－第一版－－臺北市：宇河文化出版；
紅螞蟻圖書發行，2011.5
面　　公分－－(異空間；4)
ISBN 978-957-659-846-3（平裝）

857.7　　100007462

異空間 4

畫鬼師─殺人畫

作　　者／余為魄
美術構成／Chris' office
校　　對／楊安妮、余為魄
發 行 人／賴秀珍
榮譽總監／張錦基
總 編 輯／何南輝
出　　版／宇河文化出版有限公司
發　　行／紅螞蟻圖書有限公司
地　　址／台北市內湖區舊宗路二段121巷28號4F
網　　站／www.e-redant.com
郵撥帳號／1604621-1　紅螞蟻圖書有限公司
電　　話／(02)2795-3656（代表號）
傳　　眞／(02)2795-4100
登 記 證／局版北市業字第1446號
港澳總經銷／和平圖書有限公司
地　　址／香港柴灣嘉業街12號百樂門大廈17F
電　　話／(852)2804-6687
法律顧問／許晏賓律師
印 刷 廠／鴻運彩色印刷有限公司
出版日期／2011年５月　第一版第一刷

定價 180 元　港幣 60 元

ISBN 978-957-659-846-3　　**Printed in Taiwan**